芳希雅
Francia

喬治桑 原著
George Sand
杜立中 譯註

Francia

Leblond

1

Le jeudi 31 Mars 1814, la population de Paris s'entassait sur le passage d'un étrange cortège. Le tzar Alexandre, ayant à sa droite le roi de Prusse et à sa gauche le prince de Schwarzenberg représentant de l'empereur d'Autriche, s'avançait lentement à cheval suivi d'un brillant état major et d'une escorte de cinquante mille hommes d'élite, à travers le faubourg St Martin. Le tzar était calme, en apparence. Il jouait un grand rôle, celui de vainqueur magnanime

喬治桑《芳希雅》手稿第一頁

澄定堂寄藏國家圖書館

喬治桑《芳希雅》手稿內頁之一
澄定堂寄藏國家圖書館

447

elles : elle est morte pour avoir voulu travailler. Voilà ce que c'est que le travail ! autant mourir après avoir vécu !

Un jour que l'on discutait la question du libre arbitre devant le docteur Faure, j'y ai cru, dit-il. Je n'y crois plus. La conscience de nos actions est intermittente quand l'équilibre est détruit par des secousses trop fortes. J'ai connu une jeune fille faible, bonne, douce jusqu'à la passivité qui a commis, d'une main ferme, un meurtre qu'elle ne s'est jamais reproché, parce qu'elle ne s'en est jamais souvenue — Et, sans nommer personne, il racontait à ses amis, l'histoire de Francia.

avril 1871.

George Sand

喬治桑《芳希雅》手稿末頁

澄定堂寄藏國家圖書館

著男裝的喬治桑
德拉夸(Eugène Delacroix)作

譯 序

喬治桑是個多產作家，寫了超過 70 部小說，和其他各類作品約 50 種，包括短篇小說、故事、劇本和政治評論等，著作等身，是 19 世紀最重要的作家之一。

《芳希雅》（*Francia*）完稿於 1871 年 4 月，是部歷史小說，以拿破崙征俄失敗，俄國與普奧等國合組反法同盟於 1814 年 3 月沙皇亞歷山大一世率大軍開進巴黎為背景。小說中的主要角色，有出身於南部喬治亞，屬小俄羅斯的哥薩克英俊的王子，有他的叔父，俄國伯爵，在俄國卵翼之下熱衷於王朝復辟的法國男爵和他的夫人，當然還有穿著單調樸素的女主角，所謂灰粗布姑娘的芳希雅。芳希雅是法國人，本隨母親在俄國以舞臺表演度日，後隨拿破崙部隊返回法國，以縫紉女紅與弟弟過著辛苦的日子。這幾個俄法的貴族和平民在俄國佔領巴黎期間相遇，展開愛恨情仇，還帶著愛國主義的情節。

小說分為三章，描寫俄國佔領巴黎最初的三天，也就是兩個俄國哥薩克貴族與兩個法國女人展開情感追逐與攻防的三天，緣起緣滅，緊湊快速，說明在社會動盪，戰爭殘酷的時代，人生若夢，朝不保夕，一切都是短暫的，虛浮的，沒有永恆，幸福不可得，無法做長遠的追求。男女之間，自欺欺人，有的只是激情和想像中的愛情，忌妒、虛偽、設計、報復，反成人性之常態。

英俊的俄國哥薩克王子和他風流倜儻的伯爵叔父相互競逐，同時對侯爵夫人及芳希雅兩個法國女人展開追求，但二人爾虞我詐，機關算盡，都希望對方得到徹底的失敗，甚至在兩個女人當中設計以犧牲其中一方來成就自己與另一方的相好。兩個俄國哥薩克男人暗地裏盡是欺騙、卑鄙與奸巧，表現出的卻是一派正人君子，冠冕堂皇。英俊王子甚至交給芳希雅一把漂亮的匕首，希望在緊急的時候，可以將他的伯爵叔父一刀斃命，但孰料在故事發展的最後，芳希雅卻從容俐落的將匕首刺進了王子的心臟。

喬治桑在書中對人物準確細膩的描寫，符合她一貫支持女性和同情窮人的思想，貴族和有錢的男人都是虛偽的，在男女關係上，只有情慾，沒有真心。有地位的女人，雖也有相當的心眼，但終究直來直往，不失真切。在喬治桑的筆下，最合乎道德，最為善良的還是社會底層的窮人，如開咖啡館的殘障退伍軍人，白鐵工人，在巴黎跑街的正義小伙子，一個救人性命的醫生和尋找失散的母親，在社會邊緣勉強度日的女主角芳希雅。

法文芳希雅（Francia）固為女子名，本亦為法蘭克人的土地之意，也就是法國的意思。喬治桑以此為作品名稱，雖無證據，但很可能是有意的安排。

巴黎是小說中的場景，人物主要活動北從聖馬丁門，南到拉丁區，西從凱旋門，東到巴士底，充其量方圓 30 平方公里的地方。19 世紀與今日的巴黎變動不大，書中出現的人物、地景、事件斑斑可考，都是事實，如杜樂麗、愛麗舍、塔列亨公館、協和廣場、佛羅倫丹街、歌劇院、聖傑爾曼、佛基哈、喜劇院、聖路易醫院、巴士底、騎兵競技場等。

兩百年來，歐洲的歷史，各國合縱連橫，交相征伐，昨日為友，今為敵人。拿破崙一世之雄，終不敵俄國酷寒中火燒莫斯科的堅壁清野，最後殘兵窮寇，老弱婦孺敗回巴黎，終至亡國。亞歷山大一世鐵騎進城，巴黎保皇派圖謀復辟，簞食壺漿以迎王師。對照今日，有趣的是，俄羅斯帝國不復當年，烏克蘭獨立，並在列強支援之下與俄國對抗。烏克蘭本屬小俄羅斯，與俄羅斯和白俄羅斯三位一體，構成帝國主體。是可忍，孰不可忍，莫斯科正吃力的希望收拾烏克蘭，以恢復帝國榮光，然而形勢比人強，到底發展如何，也只有靜觀其變了。不過唯一可確定的是，今日沙皇若要再去巴黎，恐怕已無可能。讀《芳希雅》，白雲蒼狗，頗有歷史重演之感。

除了感情生活，男女關係外，喬治桑最為人所樂道的是她的所謂男性化的筆名和她的奇裝異服，女扮男裝。關於這些，她自己都有交代。她的筆名桑（Sand）是來自她的作家至友桑多（Jules Sandeau），喬治（George）則是自己的選擇。喬治桑有濃厚的鄉村情感，因為 George 原意是「在土地上勞作的人」。另外許多人對 George 這個字也有所誤會，在英語中，George 為男性名字，可是在法語中 George 為女性名字，法語男性的喬治，字尾應加 s，而為 Georges。只是法國女性以 George 為名的情況極少。有統計顯示，最多在 1945 年有 21 個新生女孩取名 George，1976 年有 3 個。1900 年以來，總共只有 616 個喬治女孩。最近的一個例子是 2014 年由社會黨政府任命為海外部長的寶藍潔雯（George Pau-Langevin）。

對於男性穿著，她也有說明。喬治桑幼年，家裏的女性就有穿著男裝的文化。父親會把母親和阿姨都打扮成男孩的樣子，靠著一雙腿就和丈夫跑來跑去，這樣家裏就可以省下許多錢。那個時代，大家都窮，女裝當然花費昂貴，巴爾札克（Balzac）就說過，「在巴黎，一年如果沒有二千五百法郎，就別想做個女人」。所以經濟是第一考慮，喬治桑在巴黎看到她那些鄉下的年輕朋友，博物館，俱樂部，逛馬路，到處跑，非常令她羨慕。在巴黎，喬治桑衣服鞋子壞的速度驚人，更不要說如果穿一雙跟高一點的鞋子，她還要把裙子提起來走路，所以經常摔跤，弄得一身泥巴，連戴的絲絨小帽也一團糟糕，狼狽不堪。所以喬治桑決定男裝，省錢又方便，一套打到底：

「於是我便扯了一塊灰粗呢料子，讓人給我作了一件禮服，還有長褲背心。再配上一頂灰帽子，繫上一條毛料的大領帶，我完全成了一個正在讀一年級的小個子大學生。那一雙長統靴使我多麼快活呀，真是語言也難以形容，我簡直想穿著它上床睡覺。憑著腳下這副小小的，釘著鞋掌的鞋跟，我覺得走在人行道上特別牢靠。我從巴黎的這一端飛到另一端，好像覺得自己已經周遊了全世界一樣。再說，我的這身衣服對什麼都不在乎，我隨時可以外出散步，隨時都可以回家。我也可以到所有劇場的正廳就坐，沒有人會留神我的一舉一動，也沒有人會料到我是喬裝改扮的。除了因為我大方的穿著這身衣服外，我的打扮一點也不妖豔，我的面容也絲毫沒有那種嬌媚的神態，這就自然避開了人們的嫌疑。我的衣服太寒傖了，我的模樣也太普通了，我的神態像平時一樣漫不經心，我還成心做出一副癡呆樣子，所以根本不會引起人們的注意，任何人都不會盯住我看的。女人們在喬裝改扮方面所知甚微，甚至在臺上演戲時也是如此，因為她們不肯埋沒她們那纖細苗條的身段，小巧玲瓏的雙腳，優雅的舉止，以及那明亮的眼睛。然而只要藏起顧盼自如的目光，她們就能夠做到不讓他人看出自己的本來面目。有一個辦法可以使她們到處亂闖，卻又不至於引起任何人的注意，那就是把嗓音壓得又低又啞，不要讓那些能夠聽到你的講話聲音的人把它當成是悠揚悅耳的笛聲。還有，為了不讓別人注意到你是個男人，就必須養成習慣，就是不要讓別人注意到你是個女人。」（王聿蔚譯《喬治桑自傳》）

喬治桑交遊廣闊，名氣很大，影響不小。許多人對她都有不同的看法。

巴爾札克在《人間喜劇》（*La comédie humaine*）的多部作品中，以喬治桑的形象描寫了一個重要的女性人物菲麗希德（Félicité），這位女性才華橫溢，思想解放，完全不落俗套，很多人羨慕她，也有很多人想模仿她，而且她還可以隨意選擇或甩掉她的情人，她也完全不拒絕穿的和男人一樣，最重要的是她還抽煙桿子。這個人物的背後有太多喬治桑的影子。巴爾札克和喬治桑本是老友，對她早有細緻的觀察。

雨果（Hugo）與喬治桑沒有見過面。政治上，喬治桑是個保守的共和派，極力反對巴黎公社到處進行縱火破壞，處決人質的行動，並完全支持凡爾賽對公社毫不手軟的鎮壓。雨果雖然也認為公社起事時機不對，但對公社還是持支持袒護的立場。雖然二人立場不同，雨果對喬治桑還是大加推崇。喬治桑過世，雨果在悼辭中說：

「我為一個女性亡者而哭，但我向一位不朽的女性致敬。我愛她，我佩服她，我崇拜她。今天在死亡的莊嚴寧靜之中，我凝想著她。我向她道賀，因為她的所作所為是偉大的，我感激她，因為她的所作所為是正確的。記得有一天我寫信給她『我謝謝你成為一個這樣偉大的靈魂』。我們是不是已失去她了？不是，這些了不起的人物死了，但沒有煙消雲散。而且遠非如此，我們幾乎可說他們去自我實現了。在某個形式之下，是不可得見了，可是在另一個形式之下，他們又得以再現。這是樣貌崇高的轉換。人的形式是一種遮掩，這個遮掩給做為一個概念的神聖臉龐戴上了面具。喬治桑是一個概念，肉身之外的，她自由了；喬治桑死了，她卻活了。女神出現了。

在我們這個時代，喬治桑佔據一個獨一無二的位置。其他的都是偉大的男人，她是一位偉大的女性。在這個完成法國革命而且開始人性革命，性別平等開始做為人類平等的一部分的時候，有一個偉大的女性是必要的。女性必須證明具備所有男人的秉賦，而又不失去天使般的資質，能夠堅強而又不失溫柔。喬治桑就是明證。必須要有個人來榮耀法蘭西，因為有這麼多其他的人已使法蘭西蒙羞。喬治桑將會是個本世紀我們國家的驕傲之一。這個榮耀充滿的女性已無所欠缺。她是如同巴貝斯（Barbès）一般偉大的心胸，如巴爾札克般偉大的心靈，如同拉馬丁（Lamartine）一樣偉大的靈魂。她身上有的是豎琴的詩情。在這個加里波的（Garibaldi）創造奇蹟的時代，她則做出了她的代表作。」（Eloge Funèbre）

杜斯妥也夫斯基（Dostoevsky）則說：

「關於她的死我甚至沒有時間說一句話，然而只有在知道這個消息後才了解這個名字在我的生活中有如何的意義，這個詩人喚起了我多少的樂趣和敬意，她給了我多少的歡喜和快樂！我毫不遲疑的寫下這每一句話，因為實在就是如此。

她的教誨絕不僅限於對婦女如此，喬治桑是屬於整個運動的，而不僅僅限於對婦女權利的佈道而已。真的，自己作為一個女人，她自然偏愛去描寫女主人公而非男主角，而且，當然，全世界的女人現在應該戴孝來紀念她，因為一位地位最高而且最美麗的代表過世了，一個由於意志力和才華而無有前例的女性——一個名留青史的名字是不能被遺忘的。

喬治桑是等待人類的幸福未來的先見者之一，為實現人類的理想，她一生寬宏的對人類的理想抱以信念，因為她在自己的靈魂中就秉持這樣的理想。堅守信仰到底通常就是高尚的靈魂和所有人類真正朋友的生活方式。她把她的社會主義，她的信念，她的希望以及她的理想建構在人的道德感上，以及建構在人類精神的渴望和對完美和純粹的熱望之上。她終其一生絕對相信人的人格，她的每一本著作都在提高和推廣這個概念。（*A writer's diary*）

英國詩人布朗寧（Elizabeth Browning）特別推崇喬治

桑，有兩首 14 行詩：

〈致喬治桑：一個期盼〉（To George Sand: a desire）

你是個寬大頭腦的女人，和心胸廣大的男人，
自名喬治桑！你的靈魂在獅群中，
在你激昂的感官中，低吟著反抗，
以怒吼回應著咆哮，如精靈之所能：
我願寬大神奇之天雷作響，
在掌聲熱烈的馬戲之上，
以你自己高貴自然的知識力量，
畫出雙翼，潔白如天鵝之翅膀，
自你強壯的肩膀，以神聖之光，
震驚地方！你把女人，
與男人的懇求，緊緊連結到天使恩賜之傍，
恩賜來自一個受責的神聖純淨天才，
直到孩童少女擁入你的胸膛，
在你的唇上親吻不染的榮光。

〈致喬治桑：一個讚賞〉（To George Sand: a recognition）

真的天才，真的女人！你一定否認，
你女人的天質帶著男人的輕蔑，
脫掉一身的俗麗和受囚禁般，
弱女子所穿戴的臂章？
啊，徒勞的否認！那令人嫌惡的哭聲，

由那遭遺棄女人的聲音啜泣著，
你那女人的頭髮，我的姊妹，都未修剪
蓬亂堅硬痛苦的向後飄散，
這反證了你男人的名字：過去，
你以詩人之火燃燒了世界，
我們看見你女人之心永遠搏動，
穿過熊熊烈火。跳得更純粹，你的心，跳得更高，
直到上帝在天之彼岸除去你的性別，
那裏沒有肉身的靈魂在純粹的熱望！

當然並非人人都這樣的歌頌喬治桑。

浪漫主義大家，比喬治桑大 36 歲的老前輩夏多布里昂（Chateaubriand），大概看不下去她的生活方式，認為喬治桑「有一點植根於腐敗當中的才情」，這個才情只會在她作品中找到「墮落」，「侮辱生命中的正直」的藉口，總而言之一句話，就是「傷害道德」而已。

浪漫主義大畫家，幫喬治桑素描、油畫過好幾張作品的德拉夸（Delacroix）不大看得起喬治桑的寫作，他說「窮的女人需要錢」，說喬治桑「寫得太多了而且都是為了錢」。並且認為喬治桑的劇作「實在是太平庸了，因為她顯示了沒有能力去運用那些有趣的，而且能搬上舞台的東西」，「這樣不具才能的死板，不管願意與否，都要把她列在一個低的檔次當中的」。喬治桑徹底遭到朋友的背叛，因為她曾說「德拉夸是我在藝術家裏最早結識的朋友之一，他能成為我的一位老友，使我感到十分幸福。他在自己的藝術領域內是一位傑出的改革

家，一個具有非凡勇氣和膽識的人。在我看來，他是那個時代裏的一位大師，而且要是與以往的大師們相比較的話，他永遠是繪畫藝術史上最偉大的人物之一。」

文評、藝評家龔固（Edmond de Goncourt）則更是男人至上了，因為女人的才華都不過是男人的痕跡。他認為看過喬治桑的《魔沼》（*La mare au diable*）後，找到了「女人的才華都是假的」無可辯駁的證據。他徹底看不起女人，而且居然有如下的論證「如果我們剖析具出眾才華的女人，如桑夫人等，我們會發現在她們身上一些生殖的部分接近男人，一些陰蒂則類似我們的陰莖」。

可是大家一定想不到，攻擊喬治桑最力，火力最強的居然是世紀末巴黎的頭號「漫遊者」（flâneur）波特萊爾（Baudelaire），他認為喬治桑根本就是個巴黎香爐。看看他〈我心昭然〉（Mon cœur mis à nu）中的話：

關於喬治桑——

喬治桑這個女人可是個傷風敗俗的行家，她過去曾經滿口仁義道德，只是她之前幹的都是違反道德的事，所以她從來不是藝術家。她風格流暢出色，為那些布爾喬亞所鍾愛。

她相當笨，體重又重，人又聒噪。在道德思想上，她的判斷深度和那些女門房和受人豢養的女郎一樣，具有相同的情感細緻。她談母親，她談詩，她對工人的愛都是如此。

怎麼總有一些男人會喜歡這間公廁！這真是本世紀男人墮落的明證。

喬治桑是一個不願走下戲臺的老女人。

看看〈拉金蒂妮小姐〉（Mademoiselle La Quintinie）的序，她硬要說真正的基督徒是不相信地獄的。喬治桑支持好人的上帝，門房和那些手腳不乾淨的佣人的上帝。

她是有一些很好的理由來消滅地獄的。

魔鬼與喬治桑

不要相信魔鬼只引誘聰明的男人。魔鬼當然看不起笨女人，但他並不輕忽她們之間的競爭，相反的，他還把大大的希望建立在這些競爭之上。

看看喬治桑，不管和別的怎麼相比，還特別是個大蠢貨，但她是被附身的。這是魔鬼說服她，要信賴自己的良心和見識，以便讓她說服所有其他的蠢貨，要相信她們自己的良心和見識。

我真的沒有辦法在想到這個蠢物的時候，不發出某種恐懼的顫抖的。如果我碰到她，我可能控制不住自己會把聖水缸砸在她頭上。」

喬治桑也不過就是多交了幾個男朋友罷了，似乎冒犯了不少人。反正那個社會大鳴大放，每個人的角度不同，出發點不同，社會關係不同，立場不同，情緒不同，性別不同，所以自然有許多不同的意見和批評。不過評價旁人的道德和兩性關係，恐怕是永遠得不到科學結論的，所以聽聽也就算了，還是來讀讀喬治桑的寫作比較要緊吧。

杜译

目 次

第一章

1814 年 3 月 31 日星期四，巴黎的群眾聚集在一個少見的儀仗隊所經過的路上。沙皇亞歷山大[1]，右邊是普魯士國王[2]，左邊是奧地利皇帝[3]的代表史瓦茲伯格親王[4]，騎著馬慢慢地向前穿過聖馬丁郊區[5]，後面跟的是一個出色的隨從參謀團和一列多達五千名精銳士兵的衛隊。沙皇看上去面容沉靜，他扮演

---

1 亞歷山大一世（Alexandre I, 1777-1825），1801 年即位俄國皇帝。

第六次反法同盟（1812-1814）。拿破崙在俄法戰爭失敗後，由俄國、奧地利、普魯士、英國等國組成同盟，對法國進行攻擊。1813 年 10 月萊比錫戰役，拿破崙以 22 萬人與同盟聯軍 38 萬人作戰，法國戰敗，法國統治德意志無望。反法聯軍 1814 年 3 月 31 日進入巴黎，4 月 11 日拿破崙宣布無條件投降，退位後遭流放到厄爾巴島，路易十八繼位，波旁王朝復辟。同盟國的 3 個君主，俄國亞歷山大一世、普魯士威廉四世、奧地利法蘭茲一世都在戰場上。亞歷山大是戰場指揮官，奧地利的史瓦茲伯格親王則是聯軍總司令。（圖 1、2）

2 普魯士國王。腓特烈威廉四世（Friedrich Wilhelm IV, 1795-1861）。

3 奧地利皇帝。法蘭茲一世（Franz I, 1768-1835）。

4 史瓦茲伯格親王（prince de Schwarzenberg, 1771-1820）。奧地利陸軍元帥，1810 年任駐法大使，1813-1814 反法同盟的德國境內的聯軍總司令，1813 年在萊比錫戰役中擊敗拿破崙，並在 1814 年 3 月 31 日率軍佔領巴黎，推翻拿破崙。（圖 3）

5 聖馬丁郊區（Faubourg Saint-Martin）。過去巴黎為城牆所包圍，緊靠城牆外的行政區稱郊區（faubourg）。1701 年郊區併入城市，城牆也遭拆除，城市向外推展了幾公里。聖馬丁郊區約為今日巴黎第 10 區，有聖馬丁河（canal Saint-Martin）和聖馬丁門（porte Saint-Martin）。（圖 4）

著一個了不起的角色，一位寬大為懷的征服者，而且他扮得很好。他的隊伍軍容肅穆，士兵個個雄壯威武，人群則默然無聲。

圖 1　1817 年的亞歷山大一世，George Dawe 作。

圖 2　1814 年俄軍進入巴黎，後為聖馬丁門（Porte Saint-Martin）。

圖 3　史瓦茲伯格親王

圖 4　聖馬丁郊區

這是在帝國最後的兵團進行英勇戰鬥的第二天，我們放棄了大批的人民並把他們交給了這個溫和寬容但令人感到屈辱的征服者。那就是，也一直都是，在不讓人民握有權利和工具做自我保護的時候，在不相信人民，不讓人民武裝的時候，我們就完了。人民的靜默不語正是他們僅有的抗議，他們的哀戚則是唯一的榮耀。但至少這個抗議，在親眼目睹這些事的人們記憶裏維持了純淨。

在那個出色的帝國參謀團的旁邊，一個非常英俊的俄國軍官吃力的控制著他躁動的馬匹。這是個高個子，瘦瘦的，因緊束制服的腰帶而顯得更為修長，腰帶上金色濃密的流蘇垂在腿上，就像我們看到破敗的波斯浮雕上那些列隊而過的神秘人物一樣，或許一個古董商還能夠從這個年輕軍官的容貌和裝飾上看得出一點野蠻東方最後的典型和風格。

他屬於南方的民族，是透過征服或經由諸聯邦自然融合到俄羅斯帝國境內的。他有俊美的外表，大大的眼睛，豐厚的嘴唇，肌肉的孔武有力因他現代的優雅舉止而淡化了不少，文明弱化了龐然巨獸的蠻力。他另外也保留了某種特別而且能夠博取人心的特質，甚至在沙皇本人造成群眾一面倒的驚嘆和關注之後，也吸引著大家的目光。

那匹年輕人的坐騎，耐不住遊行隊伍的緩慢，或者說不懂得牠應該遵守的規矩，總想以勝利之姿在這早已馴化的城市裏衝向前去，把那些戰敗者通通踩在牠野蠻的奔蹄之下。所以這個騎兵主人，怕看到牠衝出行列，而且怕遭到那些長官對他投以不悅的眼光，很小心的把持住牠，讓牠穩定下來，同時也不讓牠注意到人群的憂愁、痛苦，甚至不時帶有威脅的迎迓。

這一切沙皇都細心的看在眼裏，他知道是怎麼回事，但也無法完全遮掩住他的擔憂。人群是這樣的密集，如果都朝那些勝利者擠過去的話（有人就這樣一字一字的說出來），他們就都會被壓的透不過氣來而無法使用武器的。駿馬的達達步伐，不論出於自願與否，還算不上是主要的勝利之姿。沙皇希望像各個民族的救贖天使一樣，也就是說，要像歐洲聯盟的首領一樣的進入巴黎。為了這齣偉大而殘酷的劇本，他如實的準備好一切，可是只要群眾來點激烈的情緒就可以把他的演出計畫搞砸的。

這個情緒因為那個年輕騎士所犯的錯誤而差一點發生了，我們剛才已約略做了描述。在他這匹坐騎還比較穩定的時候，一個年輕的女孩，遭到人群的推擠或受到好奇心的驅使，被逼出了由國民衛隊[6]維持秩序的警戒線，也就是說，超出了安靜哀傷的觀眾群。或許她藍色的披肩或白色衣裙的一記輕輕的拂動把生性多疑的馬匹嚇著了，猛地裏直立起來，抬起一隻前腳，膝蓋重重的碰上這個巴黎女孩的肩膀，她踉踉蹌蹌的由一群擠在她背後的市郊民眾扶住了。她受傷了沒有？或只是撞了一下？如山的軍令不允許這個年輕的俄國人停下片刻看個清楚，他隨扈著絕對權威的沙皇，他不能轉過身來，甚至連看都不能看一眼。

---

6 國民衛隊（Garde Nationale）。民兵組織，由公民組成。1799 年憲法規定，指揮官由人民選舉產生，且不得連任兩次。國民衛隊承平時期維持地方秩序，戰時則可為正規軍的補充力量。1871 年支持巴黎公社，但在巴黎公社受到鎮壓後遭到解散。（圖 5）

圖 5　1814 年的國民衛隊

然而他還是回過頭來了，他盡可能一直順著自己的目光盯住落在他後面激動的人群上。那是一個穿灰色粗布[7]的年輕女子，也不過就是個灰粗布罷了，由幾雙強壯的手臂給抬走了，再看看，她被送進了旁邊一家咖啡館。人們很快的在大堆人群中因為意外而造成的空缺處重新聚攏過來。不一會兒，幾次因仇恨和憤怒所引起的喊叫聲響了起來。在那外國人的行伍中只

[7] 灰粗布女（grisette）。這個字的字源是灰色（gris），指 17 世紀晚期以後法國的工人階級婦女，這個字一直沿用到 1880 的美好年代，甚至到一戰前。這是指婦女穿著便宜的灰色布料連衣裙。19 世紀主要是指服裝裁縫師或者店員。其實正如本書主人公所言，這些勞動婦女的連衣裙什麼顏色和式樣都有，灰粗布所代表的是她們的情感。（圖 6、7）

要發出一點點反應，那點燃的怒氣就像一道長長的塵埃一樣揚了起來。

圖 6　灰粗布女和女僕

圖 7　波爾多的灰粗布女

沙皇保持著他冷漠而若有似無的笑容，他不需要做出怎麼樣的表示就能控制住他的大隊人馬，大家都知道他的意思。他的隨從當中似乎沒任何人看到在一些群眾的臉上閃爍著威脅的目光。有幾個人發出一些聽不清楚的罵聲，也有幾個人緊緊的握住拳頭，但他們都消失在很遠的地方。這個無意造成這次丟人事件的軍官，以為不管是沙皇，還是他的任何一個將軍，都不會把這件事記下來的，但俄國政府在背上是長了眼睛的，所以點還是記了。沙皇知道這個冒失年輕人的過錯，就是在這個勝利之日，在幾匹坐騎當中，故作炫耀的選了一匹最漂亮但管教最差的馬來。不但如此，也有人向沙皇報告，這個年輕人對懊悔和憂傷的心情也欠缺掩飾的經驗。那些打報告的人相信在參這後一筆的時候還能加重他的罪過。可是他們都錯了，選了那匹未經馴服的馬，是可以被法國人當作是一種懲罰，表現出來的懊悔則是一種會讓巴黎人有所感動，在情感上的裝模作樣。所以在帝國隨扈人員的行伍中，有這麼一個不妥當的行為是不會讓人往壞處想的。

當敵人的隊伍湧出了林蔭大道，場景像魔術般的變得不一樣了。

隨著大家走向那些有錢人的區域，協議達成了，外國人鬆了一口氣；隨後一下子大家居然也就一體融合了，不能說一點羞愧之心都沒有，但確實是毫無顧忌和不安的，保皇分子摘下了面具並且急忙投向勝利者的懷抱。這樣的情緒席捲了群眾；大家沒有想波旁家族[8]，大家還不相信波旁家族，大家也不認識波旁家族，但大家喜歡亞歷山大。而且那些沒有良心的女人還衝到亞歷山大的跟前向他懇求立一個國王，這些女人自己並不迴避，也沒有遭到國民衛隊的驅趕和辱罵。國民衛隊難過的

---

[8] 波旁家族（Bourbons）。法國波旁王朝第一個國王是 1589 年即位的亨利四世（Henri IV），一直到路易十六（Louis XVI）1792 年被送上斷頭臺，共 203 年。拿破崙後路易十八（Louis XVIII）1814 年復辟，到路易腓力（Louis Philippe）1848 年發生二月革命，法國建立第三共和，波旁家族統治告終，共 237 年。

看著，認為大家也就只是感激外國人沒有蹂躪巴黎而已。波旁家族也覺得這樣的感激是幼稚的，而且過頭了，可是他們還沒有看到這幾近瘋狂的喜悅熱烈贊同了法國的衰落。

這個年輕俄國軍官差一點搞砸了這齣悲劇的上演，劇中有許多演員扮演著連一句臺詞都沒有的無關緊要角色，他無法了解在巴黎的所見。他過去看過火燒莫斯科[9]，那個他就懂得！那是一種他過去所受的軍事教育和他可怕動盪的青年發展時期所給他的一種思想精神上的反射。他又透過對同儕細微的觀察和對環境精明的懷疑而補上了他所欠缺的哲學思辨能力。他在兩年之間看到了愛國情操的兩種極端：一個是富有而工業的莫斯科因外國人的仇恨而遭焚毀，但狂熱而高尚的奉獻精神則令他大為敬畏和折服，另一是燦爛輝煌的巴黎為了人道而犧牲了榮耀，而且把不計一切代價拯救為其文明不絕泉源的巴黎視為一種責任義務。這個俄國人是一個在各方面都很狂熱的人，他認為自己有權大為看不起巴黎和法國。

---

9 莫斯科大火。拿破崙征俄，1812 年 9 月 14 日莫斯科發生火災，俄軍在離開莫斯科前已下令放火焚燒克里姆林宮等主要建築。法軍進入莫斯科時，該城已經失火，至 9 月 18 日莫斯科已成廢墟一片。失火的原因從未確認，史家一般認為起火是俄國焦土政策的破壞行為，許多俄國人也認為如此。但托爾斯泰在《戰爭與和平》中則認為，莫斯科是木造城市，法國士兵酗酒，點燃蠟燭火把，夜進私宅因而釀成大火。（圖 8）

圖 8　莫斯科大火中的拿破崙

他並不認為莫斯科並非毀於自身之手，也不是說那些受奴役的人不需要與他們商量，不論願意與否，那些人都是很英勇的，而且一點都不張揚他們那種非出於自願的犧牲。他完全不知道巴黎的投降是沒有經過商議的，不僅僅是像莫斯科遭到焚毀一樣，他也不知道法國也不過就是一個相對自由的民族而已，大家都在她的命運之上打她的算盤，他並不知道大部分的巴黎人從那個時候開始就像他們今天一樣的英勇。

從塔納伊斯河[10]兩岸來的外國人不會比法國的居民更能參透歷史的秘密。從他馬匹暴躁的那一刻，他就了解了郊區的巴黎人，從他們眉宇間看出了憂慮和不安，在他們眼中看到了憤怒。他想：

[10] 塔納伊斯河（Tanais）。該河是頓河（Don）的古希臘名，發源於莫斯科以南 193 公里處，向南注入高加索的亞速海。

這個民族遭到了背叛，可能被出賣了！

在貴族所給令人感到不齒的同情的前面，他又不懂了。他想：

——這群懦弱的人。與其對他們進行安撫，我們的沙皇實在應該把他們踩在腳底下，而且把痰吐在他們的臉上。

他心中感覺卑鄙可恥，他人道寬厚的情感像是被這一齣聞所未聞，出奇懦弱的大戲所扼殺了，他自己則是一個由野蠻本能帶來的極度陶醉所控制的狀態。

他想這是個歡樂瘋狂的城市，這裏的人是這樣的容易而且腐敗，女人都來獻出自己，就好像漂亮的戰利品一樣，依附在勝利者的戰車旁邊。從這一刻起，在狂烈的慾望和享樂的飢渴之下，他紅著雙眼，鼻尖微微地顫抖著，帶著一顆高傲的心穿過巴黎。

沙皇委婉的拒絕進入杜樂麗宮[11]，而去香榭大道檢閱他壯盛精銳的部隊，給那些渴望看表演的巴黎人把表演進行到底，之後他打算下榻愛麗舍宮[12]。現在他必須要解決兩件重要性不同的事情，一件是關於他在校閱部隊的時候，有人傳給他的一個警告，根據這個假訊息，愛麗舍宮一點都不安全，宮裏埋了

[11] 杜樂麗宮（palais des Tuileries）。巴黎的一座皇宮，在塞納河右岸，羅浮宮旁，1871 年遭巴黎公社燒毀，原址現為公園。（圖 9、10）

[12] 愛麗舍宮（palais de l'Elysée）。建於十八世紀初，1722 年完成，位於香榭大道北側，現為法國總統府，第一個進住的是 1874 年第三共和的麥克馬洪（Patrice de Mac-Mahon）總統。（圖 11）

炸彈。於是有人趕到塔列亨先生[13]那裏，塔列亨獻出了自己的宅邸。沙皇接受了，他非常希望和要把法國獻給他的那些人在一起。他看了一下另外一件關於慕薩金王子的訊息，他在穿過聖馬丁郊區的時候，舉止行為是如此的不當。

圖 9　杜樂麗宮的晚會

[13] 塔列亨（Charles-Maurice de Talleyrand-Périgord, 1754-1838）。長期擔任法國最高層級的外交工作，生涯跨越路易十六、大革命、拿破崙、路易十八和路易腓力，為拿破崙的首席外交官。拿破崙倒臺後，塔列亨支持波旁復辟。維也納會議塔列亨為法國的首席代表。宅邸塔列亨公館（Hôtel de Talleyrand）一向為法國重要外交活動的場所，用以接待國家元首和政要，1947 年由美國政府購買，由美國駐法大使館管理。1999 至 2006 年美國國務院對該公館進行整修和維護，重建原始建築的格局。該建築鄰近協和廣場和美國大使館。（圖 12、13、14）

圖 10　莫內的杜樂麗花園

圖 11　愛麗舍宮

圖 12　1808 年的塔列亨

圖 13　塔列亨公館

圖 14 塔列亨公館內部

——他想住哪裏就住哪裏，沙皇說，讓他在那裏關三天禁閉。

隨後沙皇和他的參謀又上了馬，回到了協和廣場[14]，從那裏步行到塔列亨先生的公館。士兵都接到命令在公共場所紮營。受到以禮相待的居民，都驚訝的佩服這些訓練嚴格的優秀部隊，他們只占用街頭路面，在那裏用餐，也不做任何的要

[14] 協和廣場（place de la Concorde）。位於香榭大道的東端。大革命時期法王路易十六和皇后，羅伯斯比（Robespierre）和丹東（Danton）都在此上了斷頭臺，此時廣場名革命廣場。1795 年革命後為各方之和解，改名協和廣場。1814 年波旁復辟後改為路易十五廣場，1826 年改為路易十六廣場，1830 年七月革命後又改為協和廣場。廣場中立有 1829 年埃及贈送的 3300 年前的方尖碑，碑重 250 噸。（圖 15）

求。巴黎馬路上看熱鬧的人都很讚賞，也很高興，認為侵略並沒有讓他們付出任何代價。

圖 15 協和廣場

至於參謀部的這個年輕軍官，是不能夠進到皇上下榻的公館的，他自認受到了徹底的冷落，正在想是什麼原因的時候，他的叔父，奧斯克伊伯爵，沙皇的副官，走過來低聲告訴他：

——你有一些敵人在父親的旁邊，但是甚麼都不要怕。他了解你，而且他愛你，是為了保護你，所以他疏遠你。幾天之內你不要露面，但是要讓我知道你住在哪裏。

——我還一點都不知道，年輕人像認了命似的唯唯諾諾的回答，就看老天的安排吧！

就剛剛說完這些話，來了一個紅光滿面的馬伕，遞給他一則消息：

「提耶夫赫侯爵夫人很高興的想起來，透過聯姻，她是慕薩金王子的親戚，她要我邀請他住到提耶夫赫公館，我也一併提出邀請。」

短箋上是提耶夫赫侯爵簽的名。

慕薩金把這張條子給他叔父，叔父笑著還給了他，並且答應他只要有一點空閒就會去看他。慕薩金對他的哥薩克僕人[15]示個意，跟馬伕走，馬伕不一會兒就領著他們到了聖傑爾曼郊區[16]的提耶夫赫公館。這是一所漂亮的大宅邸，路易十四的風格，座落在前庭和花園之間，神秘的花園覆蓋在一片大樹之下，莊園式的臺階把一樓托高，入口寬廣，鋪了柔軟的地毯，飯廳早已準備豐盛，還有個非常舒服的大客廳，這就是迪歐梅德．慕薩金的大體所見。他謙虛的以他的小名迪歐梅德為名，或叫迪歐梅德的兒子、或叫迪歐米德、迪歐米提屈。提耶夫赫侯爵張開雙臂歡迎他，這是個五十歲長相難看的小個子，瘦瘦的，動作很靈光，眼睛很黑，但臉色蒼白，還帶了頂黑色假

---

15 哥薩克人（Cosaque）。一群大部分為斯拉夫人的半遊牧民族，起源於歐亞大草原的西部，也就是現在的烏克蘭和俄羅斯地區。哥薩克人自主生活，自主管理，以有系統的軍事訓練進行自我防衛。哥薩克騎兵驍勇善戰。（圖 16、17）

16 聖傑爾曼郊區（faubourg Saint-Germain）。巴黎早期之農業郊區，巴黎城市擴張後成為貴族居住的高級區，約為今日巴黎之第七區。區內仍留有多棟重要建築，如殘障院（Les Invalides）、總理府（Hôtel Matignon）、羅丹美術館（Musée Rodin）等。（圖 18）

髮，但不是真正黑色的那種。衣服也是黑的，相當的緊，及膝短褲和長襪子也是黑的，但衣襟花飾是白的。在這個瘦子身上，不是黑就是白，清楚分明，就像喜鵲的一身羽毛一樣，還吱吱喳喳的叫著，生氣活潑。

圖 16　哥薩克人寫信給土耳其蘇丹

圖 17　19 世紀的哥薩克騎兵

圖 18 聖傑爾曼郊區

他很多話，但態度有禮，殷切熱情。慕薩金的法文相當好，嚴格的說，他說法文比說俄文還來的容易。因為他出生在小俄羅斯[17]，他必須下很大的功夫來矯正他的南方口音。但不管是俄文還是法文，他沒有辦法弄得懂他這個新東道主既豐富又急促的口頭表達，每句話他只能抓到幾個字，所以他也就看

[17] 小俄羅斯（Petite Russie）。小俄羅斯即為今日的烏克蘭。東正教稱俄羅斯南部為小俄羅斯，北部為大俄羅斯。在俄羅斯帝國的統治下，小俄羅斯、大俄羅斯和白俄羅斯是俄羅斯的三位一體。小俄羅斯的居住者為小俄羅斯人，即烏克蘭人，說小俄羅斯方言，即烏克蘭語。今日烏克蘭人認為使用小俄羅斯這個名詞是冒犯無禮的，因為涉及否認烏克蘭的民族認同，但也有人認為這個名詞並不令人反感，因為認可了該地區是俄國文化的搖籃。

著隨機回答了。他知道這個侯爵急急忙忙的要架構起他們之間的親戚關係，侯爵對他說，以一種兜不大起來的方式，支離破碎的引了一些他們家族的人在移民法國的時候所建立的關係，然後是與一個與提耶夫赫夫人家族有姻親關係的女士結了親戚。慕薩金對這樣的親戚關係沒有任何概念，而且當侯爵夫人進來的時候，他坦白的承認至少這個關係已經非常疏遠了。她在接待慕薩金的時候話比較少，但和她丈夫一樣，非常熱情。侯爵夫人很漂亮而且年輕，這一點一下子就把俄國王子的諸多顧忌一掃而空。他又假裝的了解這重關係，而且絲毫不覺彆扭的就接受了侯爵夫人頒給他的表兄頭銜，同時還要求他叫她「表妹」，這倒不能不叫他做得有點無法坦然正當。關係就這樣在幾分鐘之間建立起來了，侯爵帶他到特別為他準備的一個非常漂亮的房間去，他看到他的哥薩克僕人一面等著別人去找來他的幾個箱子，一面忙著打開他的行李。另外侯爵也交給他一個信得過的老內務僕人供他差遣，這個人在外面旅行過，記得幾句德文，而且自認能與哥薩克人相處，不過這是個應該立刻丟掉的天真幻想。但是想到這是與一個當權的慕薩金王子本人打交道，這個老僕人就一直站在他的後面，用眼睛盯著他所有的動作，而且盡力猜想要如何對他派得上用場或討他的歡喜。

說真的，這個野蠻的迪歐梅德非常需要他的幫忙來了解留給他用的那些奢侈品和梳妝用品。他打開幾個小瓶子，對著幾種最香的味道，疑惑的向後仰了一下，他要找一種，按他的意思，應該能代表最合乎禮儀舉止的一般古龍水。他擔心這些芳香精緻的乳霜軟膏在通風的時候會讓他留個味道的，因為他早已習慣他自己旅行箱的酸臭味了。在盡力弄掉他長髮上和閃亮制服上的灰塵後，他回到客廳，看到法國僕人一直跟著他，就想起來有件事要他做。他先問他的名字，僕人回答簡單：

——馬丁。

——那麼，馬丁，你讓我開心，找個人到聖馬丁郊區，幾號……我不記得了，那是個可以抽煙的咖啡館，在房子的正面還畫了一些打彈子的球杆，如果從郊區過來，是離林蔭大道最近的地方。

——我們找的到，馬丁認真的回答。

——是啊，一定要找到，王子又說，一定要打聽出這個我不知道名字的人，一個十六、七歲的年輕女孩，穿著藍白相間的衣服，相當漂亮。

馬丁忍不住笑了笑，慕薩金很快就懂了他的意思。

——這不是隨便說說的，他說。我的馬在經過的時候撞倒了這個人，旁人把她帶到那家咖啡去。我想知道她是不是受了傷，我想讓她接受我的道歉，而且如果需要的話，也能接受我的幫忙。

這是王子在說話。馬丁嚴肅了起來，深深行了個禮，馬上遵命辦事。

提耶夫赫先生在家族移民之後，財產得到了歸還，而成為帝國內得以滿足的人，但由於對榮譽和影響力的渴望，卻在最後變成一個不滿者。他請求一個重要的職位，但並未如願。因為在匆忙的時候，諸多的災難事件不會讓所有的人都滿意的。

他參加了保皇派進行的一次出其不意的王室復辟，狂熱的投入了保皇大業，而且他是我們所知道的歡迎同盟國的人士之一。另外也多虧他夫人一個巧妙的主意，就是把房子獻給第一個算得上重要的，而且可能會把房子搶走的俄國人。侯爵夫人徒步在香榭大道上，欣賞著部隊的校閱，她對慕薩金健美的身材和俊俏的面貌，印象至為深刻。她知道他的名字，這個名字對她來說並非默默無聞，實際上她在俄國有一個結了婚的親戚，這個親戚給她寫過幾次信，告訴她這個人叫慕薩金，而她本人就是，或有可能就是這個年輕王子的親戚。自從他是王子以來，稱他是親戚是沒有任何壞處的，而且自從他是軍隊裏一個最英俊的男人之後，迎他來作客也絕不會有什麼讓人感覺不快的。

侯爵夫人二十二歲，白皮膚金頭髮，就當時穿的比較窄的衣服來說，是顯得胖了一點，但她相當高，無論在外表或舉止風度上都保持著真正的優雅。她忍受不了她的小個子丈夫，但為了在任何情況下都能做最好的利用，這就不影響她與她丈夫完美的相處了。她輕浮而且相當隨便，在她的名利慾望和對金錢的貪婪之外，她有的只是一種絕對的膚淺。對她來說，這不是一種巧妙的策劃來保證一份她不留給孩子的財富，或者一份留給自己所無法預見的年華老去。這是為了能夠愉快的過日子，是為了奢華的生活、闊綽的排場，是為了當你負一點債的時候不用過於擔心，最後也是為了列身在不管哪個宮廷裏，只要那裏炫耀著盛大的華麗，而且能把她的美貌烘托在人群的高臺之上。

她不是貴族，只為了做侯爵夫人，她帶著美好的青春和一大筆財富給了一個沒有什麼魅力的丈夫，不需要問她為什麼這樣的堅持一個頭銜，她是一點都搞不清楚的。她有足夠的精神來應付一些喋喋不休的廢話，但她的智慧對講起道理來說是完全不靈的。她從頭到尾言不及義，一直忙於嘰哩咕嚕的嘮叨和梳妝，她只有一個想法，就是超越其他的女人，至少要成為最引人注目的女人之一。

以她具備的嘈雜喧鬧、華而不實的品味，她很難不迷戀上一般軍人的，不久以前她還與帝國英俊的軍官共舞華爾滋而感到自豪，可是當她的丈夫告誡她，應該對帝國心懷不滿的時候，她也會感到遺憾的。可是當看到新來了一批身上佩著翎花，頂著頭銜，別著階級飾帶，叫著一些新的名字的軍隊，她真是高興的醉了。然而這個沉醉只是一個表面，她的心和慾望在這個表象上只扮演次要的角色。侯爵夫人是很乖的，也就是說她從來沒有過情人。她早就感覺出她喜歡所有那些會討人歡心的男人，但不會愛一個人愛到讓她只愛這個人。她可以做一個輕薄的女人，因為她的慾望有時候也會說話的，但她又沒有激情的勇氣，而且一種深沉的自私，會把她從所有有損名譽上的事保護得很好。

她是這樣的滿意而且完全沒有預料到的接待了慕薩金。

——我會喜歡他的，我已經喜歡上他了，她第一天就這樣想，但這是一隻路過的小鳥，不要愛得太多了。

不要愛得太多對她來說一直是比較容易的，她從來不會在愛情方面以一種堅定的意志去進行拚搏。這個時候的法國人還沒有經過浪漫主義，法國人比想像中還多的受到督政府[18]輕薄風俗的影響，可是這些風俗本身卻是攝政時代[19]風俗的再現。冒險與征服的生活為那種縱情聲色的傾向，增添了一些唐突和急迫的因素，但對謹小慎微的婦女來說，這並不會讓男人變得更加危險的。在對戰爭和社會付予高度關切的時代，已沒有多少空間能容得下深刻的激情和纏綿悱惻的溫柔了。

圖 19　督政府 5 個執政的服裝

[18] 督政府（Directoire）。1795-1799 年間的法國政府。當時立法機構分為上下兩院，上院為元老院，由 250 人組成，下院為 500 人院，根據下院提名，上院選出 5 名督政官組成督政府，每年改選其中一人，每人輪流擔任主席。（圖 19）

[19] 攝政時代（Régence）。法國 1715-1723 年，路易十五（1710-1774）為國王，因未成年，而由菲利浦·奧爾良公爵（Phillippe II, duc d'Orléans, 1674-1723）為攝政王。

沒有什麼比當時的俄國人更不像法國人了，他們方便說我們的語言，屈從於我們的風俗習慣，我們稱他們為北方的法國人，但是認同卻毫無可能而且遙不可及。他們從我們身上得到的，只是當時對我們來說最起碼的品德——和藹親切。

然而慕薩金不是一個真正的俄國人，他原籍喬治亞，如果再往上推的話，可能是庫德人或波斯人，在莫斯科受的教育。他從來沒有去過彼得堡，因為戰爭的偶然以及他叔父奧斯克伊的庇護，他才能側身於沙皇的跟前。如果沒有戰爭，又像他一樣遭到財產的剝奪，他就會在亞洲邊疆的軍隊行伍之中辛苦的過著暗無天日、得過且過的生活，除非像他在青少年時期有過幾次的寄望，能越過邊界像他獨立的祖先一樣，投入英雄冒險的生活。但他在莫斯科戰役中表現出色，而且稍晚他又在主人的眼前有如一頭猛獅般的奮力搏鬥，從那個時候開始，他有了自己的驅體和靈魂。他以殺戮法國人的血液，正式受洗成為俄國人，今後他與他的後代都會被緊緊牢繫在俄國的所謂文明的枷鎖之上，也就是說對絕對權力的盲目崇拜，但這必須要爬得比慕薩金還高才能透過武器或毒藥來支配這樣的權力。

但是他的意志也只能按照自己的命運來行使，他的精力是如此的堅韌不拔，那種去輾壓最弱，去附和最強的精力。這就是俄國人生活的全部本領，這個本領與我們的性格與習慣格格不入，我們也會可悲的屈從在主人之下，但我們非常容易的對他們產生厭倦，而且當情況太過份了，我們會犧牲個人的利益來重新掌握自己的。

像他這樣的英俊，迪歐梅德·慕薩金在所有的國家，所有階級的婦女當中，都容易獲得成功的。他太小心了，不願在光天化日之下把他的自負之心表現出來，而是祕密的，最大程度的放在自己的身上滋養著。打從第一眼，就像看到一個轉到手上的獵物一樣，他動情的盯著漂亮的侯爵夫人，而且一小時之內他就弄懂了，她不愛她的丈夫，她不忠實，偽裝的忠誠也還沒有成為她的生活日常。她非常活潑，一點都不假正經，這給了他無法抗拒的歡心。所以第一天沒有花什麼大氣力，他想在短時間內能表現出高興也就夠了。

他一點都不了解一個妖嬌的法國女人是什麼，也不知道這女人在明擺的慵懶放鬆的情況下，還能有甚麼抗拒。他累壞了，鐵下心來，不要在第一個晚上就弄得心神不定。第二天醒過來，並沒有發現任何偷偷摸摸的活動打攪了他房間的安寧。他按鈴叫人，第一個來的就是準時又認真的馬丁。馬丁不知道怎麼稱呼他，就靈機應變的稱他為殿下。

——委託之事我已經辦了，他說，我租了一輛馬車去了聖馬丁郊區，我找到了咖啡館。

——咖啡館……情況怎麼樣？

——這些小人物去的咖啡館是個小酒館，可以抽菸也可以打彈子。

——好，謝謝。然後呢？

——我打聽了那個意外，沒有什麼嚴重。那個女孩沒吃到苦頭，有人餵她喝了一點甜燒酒，她就上樓回去了，她正好住在那棟房子裏。

——你應該上去看看她的，這樣我會比較高興。

——我沒有錯過，殿下，我是上去了……唉！要命的樓梯，可是相當高啊！我看到了那個小姐，一身灰粗布的小個子，正燙著她的舊衣服，我向她表達了慕薩金王子殷殷垂詢的關切之意。

——她怎麼說？

——她說，這是一件非常令人高興的事，你告訴這個王子說我謝謝他，我什麼都不需要，但我希望看看他。

——我非常願意去看她，如果我沒有被扣住的話。

慕薩金要去告訴禁閉室，而他判斷這個情況下就算對馬丁再面授機宜也沒有什麼用，況且馬丁也沒有給他時間。

——殿下，馬丁大聲說，不要到那個又髒又亂的房子去，逛到那些下層區域去也有欠小心，而且殿下實無必要答覆這樣一個愚蠢的要求。我可沒有回答她。

——還是應該要答覆的，慕薩金說，好像突然被一個想法敲了一記，說：她沒有說她認識我？

——她確實有說她認識殿下，但我認為她在妄想。

另外一個僕人過來告訴王子，侯爵夫人在客廳等他，他憂心忡忡，若有所思的走了過去。

奇怪，在穿過那些大房間的時候他想，當時那個年輕女孩就大剌剌的靠近我那匹馬的時候，她的容貌讓我震驚了一下，好像是個我認識的人在叫我的名字！然後意外就發生了，之後我也就只想著那個意外了，但是現在我又看到她的臉，我在別的地方也看到她，我在找她，她甚至讓我有了某種感情……

他進入客廳，也沒有找到什麼，而且當著漂亮侯爵夫人的面，他把什麼事情都忘得一乾二淨了。

——過來，表兄！她對他說，先告訴我昨天晚上過得怎麼樣？

——太好了，這個蠻族王子坦率的回答，非常溫柔的吻了她伸過來的白皙豐潤的手。

——怎麼睡得太好了？她以吃驚的藍色眼睛盯著他說。

他不相信她的驚奇，回答了幾句溫柔而直接的話，使她的臉一直紅到了耳根，但她並沒有手足無措，而是鎮定的對他說：

——我的表兄，我們的語言你講得很好，但你對其中微妙的差異可能掌握的不是很好。但這會很快，你們是這麼聰明，你們這些外國人！在幾天當中你必須要很小心的說話，我是以好朋友、好親戚的立場對你講。我是一點都不生氣，但以我的立場若換成另外一位女士，一定會把你當作是個無禮放肆之徒的。

迪奧梅德之子咬著朱紅的嘴唇，意識到自己幹了蠢事，這必須要花多一點時間，多下一點功夫的，他用一個哀求的眼神和吐一口怨氣才脫了身。本來這不是什麼了不起的事，但他面部的表情清楚的表達了他的失望和對慾望的執著，這倒把提耶夫赫夫人弄得心神不寧了，沒有勇氣再堅持剛剛才給他的教訓。

她和他談政治。侯爵在前一天去打聽消息，從晚上十點弄到半夜，他進去了塔列亨公館，但她並沒有說他與其他次一級的保皇派成員都待在候聽室裏，以便掌握一些來來去去的馬路消息，而她知道沙皇並不反對由前朝進行復辟的想法。

慕薩金對這件事完全不感興趣，他另外曾聽他叔父說過，沙皇對波旁家族成員根本不屑一顧，而且他一點都不認為沙皇會來支持他們。但是為了不要頂撞女主人的意見，他決定問問她關於連她自己都幾乎完全不了解的波旁家族，他們要重建家族的想法是如此的新穎。可是這樣的對話了無趣味，他想跟她談談法國的時尚，誇誇她早晨的梳妝，再問問她巴黎社會各個階層的服飾。

這方面她可是專家，她同意做點說明。

——在巴黎，她告訴他，沒有一種衣服是適合一個階級而不適合另外一個階級的，所有的女人只要買得起一頂帽子的話，都能戴著這頂帽子上街。所有的男人只要能弄得到一雙長靴和一套衣服的話，他都有權穿著這套衣服和靴子。你並不是老在第一眼就能認得出一個佣人和他主人的不同之處，有的時候，一個在房裏管內務並隨時向你做通報的男僕比房子的主人穿的還要體面。這是外表，尤其從某方面來說，必須要盡可能的把人的身分地位交代清楚。一個暴發戶永遠不會具備一位真正的老爺大人的從容自在和尊嚴，他一定是一身裝飾庸俗的繡花穿著；一個灰粗布的婦女，即便穿戴的有如周末假日也是徒然，她永遠不會被一個布爾喬亞有錢的婦女視為同類。對我們這些名門大戶的高貴女士來說也是一樣，也不是一個掛滿鑽石，比我們穿著奢華貴氣的布爾喬亞婦女所能相提並論的。

——很好，慕薩金說，我了解應該要知所輕重，要有一種知道分寸的大本領！可是你剛剛提到了灰粗布婦女，我認識這個字，我也讀過一些相關的法國小說。但準確地說，到底什麼是一個巴黎的灰粗布婦女？我長久以為這是巴黎那些穿灰色衣服的年輕女孩的階級。

——我不知道這個字的字源，提耶夫赫夫人說，她們的衣服什麼顏色都有，也許這個字是來自於那些女孩所具備的一種情感。

——哎呀！我懂了！灰粗布——輕佻的年輕縫紉工嘛！那是一時的陶醉！難道她們沒有激情嗎？

——這……我不知道！老實正派的女性是不打聽這種女人的。

——可是，衣著的特徵總能看得出職務和地位，巴黎所有的年輕女工我們都稱之為灰粗布嗎？

——我不認為！這樣的稱號只能用在那些道德輕浮的女人身上。欸！你為什麼老是問我這個問題？我們會以為你對巴黎廉價提供給新來的人那些愚蠢的冒險感到興趣呢？

提耶夫赫夫人的語氣裏帶著氣惱，甚至有一種突然而直接顯現出來的醋意。

慕薩金都看在眼裏，急忙安撫她，並對她扼要的講了一下前一天所發生的險事，也向她表白了為了這件事他還在提耶夫赫公館裏關著禁閉。

——這是因為，他又說，你們管內務的僕人在談到我遭打入冷宮的時候，用了一個「灰粗布」的字，我一定要知道這指的是什麼東西。

——這沒有什麼了不起，侯爵夫人又說。只要給她送一個金路易[20]去，不是什麼都講了？

——看起來她什麼都不要，慕薩金說。他相信如果再講那個灰粗布要求見他的事，也沒什麼用。

——那麼，她是由別人好好供養起來的囉，侯爵夫人回他的嘴。

——好好供養？不是！慕薩金想，她住在一個簡陋的小房子裏，自己燙她的破衣服。我是不是已經在哪裏看過這個漂亮但算不上端莊的小女孩了？

圖 20　路易 16 時期的金路易

慕薩金比較樂意用法文思考，而不願用俄文，尤其是從他到了法國以後，所以他常常想岔了，因為沒有適當的字彙能和

[20] 金路易（Louis d'or）。1640 年路易十三（Louis XIII）首次推出的法國金幣，以正面為國王肖像而得名，背面則為皇家徽章，大革命時為法郎所取代，後又被等值的拿破崙金幣所取代。（圖 20）

他的思想兜在一起。可愛但算不上端莊的是當時的一個用語，適用於指一個有一點醜，但討人喜歡，也有一點挑逗誘惑的意思。那個提到的灰粗布女孩一點都沒有這種樣子，蒼白而瘦小，既不艷麗也不福態，可是她有一種和諧感和一個細緻的輪廓，這建構不了高貴的古典美，但這是一種漂亮和圓滿。她的身材和臉龐相稱，在想到這個的時候，慕薩金心裏這樣說：

——一點也不醜，他想。漂亮，非常漂亮！可憐，而且她什麼都不要！

——你在想什麼？侯爵夫人問他。

——不可能對妳講的，年輕的王子硬硬的頂回去。

——喔！你在想那個灰粗布女孩。

——妳不會相信的！剛剛你是這樣回我的嘴！妳不再有權利問我了。

他帶著頹喪但銳利的眼神回答她，侯爵夫人再度紅了臉並且自己想：

——他是頭昏了，可要防著一點！

侯爵來了，打斷了他們。

——花花[21]，他對他夫人說，妳知不知道一個好消息。昨天晚上聖佛羅倫丹街[22]（對沙皇下榻的塔列亨公館的一種稱呼）做了一個決定，我們既不跟拿破崙，也不和他家族的任何

[21] 花花（Flore）。即羅馬神話的花神。巴黎拉丁區有著名之花神咖啡（Le café de Flore），即以此為名。

[22] 聖佛羅倫丹街（rue Saint-Florentin）。巴黎第一區街名，協和廣場以北，該街二號即為塔列亨公館。

成員談和，這是德索勒先生[23]剛剛告訴我的。去吩咐大家午飯吃得快一點，中午我們要一起擬一份請願書帶給俄國皇帝，要正式表達我們的願望，而且召喚波旁家族的班師回朝也還僅僅在一個小局面裏得到了實現而已。慕薩金王子，你一定在沙皇的宮廷裏有很大的影響力，你要為我們說話，為我們國王的正當性說話！

——放心，提耶夫赫夫人說，我們的表兄和我們在一起，說著伸出手臂挽住了慕薩金。我們吃飯去！

——走向餐廳的時候，她低聲對王子講，如果你對侯爵說目前你和皇帝的關係冷淡是沒有用的，他會為此感到焦慮不安。

——妳叫花花！慕薩金很興奮的問她，把侯爵夫人的手臂按在自己的胸膛上。

——是的！沒錯！我是叫花花！但這不是我的錯。

——妳不需要解釋，這是一個很美的名字，而且很適合你。

他坐在她旁邊，心裏想：

——花花！這是我祖母那隻小母狗的名字。這很特別，這在法國居然是個高雅的名字！或許侯爵的名字叫忠心也說不定

---

23 德索勒（Jean-Joseph Dessolles, 1767-1828）。1814年反法同盟進入巴黎後，被任命為巴黎國民衛隊司令，強烈反對拿破崙第二任妻子瑪麗路易絲（Maris Louise d’Autriche）的攝政和波旁家族的回歸。復辟後，路易十八授予他貴族頭銜並保留國民衛隊司令一職，德索勒轉而支持波旁王朝。

呢，就像我叔公的那隻狗一樣！

所有出生好的年輕女孩都應該叫瑪麗的時代還沒有來臨，侯爵夫人是大革命和督政府那個不信教時代的人，她對有一個與花卉女神相同的名字還不會覺得不好意思的，只有在 1816 年她簽了另外一個名字——伊麗莎白之後，這個名字就退居次要了。

那個只對自己事業一心一意的侯爵向他夫人和慕薩金不停的談他對政治的期望。慕薩金真佩服他這奇妙的本領，這個小個子男人居然可以同時講話、吃東西和指手畫腳的做出許多動作。慕薩金想，他在付出這麼大精力的時候，是不是還留有餘力能看出他夫人和他之間發生的事情。在這方面，侯爵的腦筋對慕薩金來說，可是一片的空空如也，或者說是一種全然的無能為力。為了對有利的安排提供幫忙，慕薩金答應對波旁家族的事業保持關注，而他要的也不過就是討杯酒喝罷了，對於波旁事業他實際上是什麼都做不到的，而且侯爵也不是他自己所想像能討他表兄歡心的大人物。

侯爵把難以令人相信的大量食物吞進他小小的身體裏後，去叫他的車，這時有人通報奧斯克伊伯爵駕到。

——慕薩金說，是我的叔父，沙皇的副官，可容我把他介紹給你嗎？

——沙皇的副官？我們一起去接他！侯爵叫著。他很高興能與直達天聽的副官建立關係。

可是這個能幹的男人忘了，一個大親王僕從的角色是從來不接受那些親王在與他們商量之前就要的東西。

奧斯克伊伯爵在俄國的宮廷裏曾經是個美男子，可是即便他很勇敢而且有文化教養，但天生沒這個命，他的命運是歸責在女人的庇護之上的。庇護，從某方面來說，對當時整個俄國貧窮貴族的命運是個必要條件。奧斯克伊受到女人的庇護，慕薩金則由他的叔父庇護。如果可能，你可以有一些個人的功績，但為了得到一些東西，不能從一開始就只求立功。晚近法國的君主制度就以此為例，使得統治的藝術更加便利。

奧斯克伊已不再英俊，僕奴工作的疲憊和誠惶誠恐禿了他的額頭，壞了他的牙齒，憔悴了他的面容，大家都說他明顯超過了五十幾歲，而且他已發胖，有了肚子。俄國的官員都有一個習慣，就是在兩側的腰部殘忍的用腰帶強力緊束，迫使腹部受了擠壓而移到了胃的位置。奧斯克伊有著非常大的上半身，頭卻很小，扁平的頭頂因掉了頭髮而與身體顯得更不成比例。可是和他的缺髮額頭相反，他的胸前卻掛了很多十字勳章。如果說他崇高的地位保證了他能在一些家族中受到款待的特權，但他的高位卻無法維護他，使他在與女人周旋的成效上免於出現大幅下滑的情況。他依舊強烈的熱情，已無法與人分享，這在他的容貌和身體的姿態上烙下了高傲傷心的印記。

他現身的時候，總是講究舉止優雅。大家說他是在法國上流社會過他的生活的，這至少是侯爵夫人的看法。一個比較沒有成見的旁觀者指出，凡事過了頭就是恰如其分的敵人，伯爵說的法文過於講求文法，他對虛擬式的不完全過去和過去完成式使用得過於嚴苛，他要求一絲不苟的優雅和一種過於生硬的親切感。他非常感謝侯爵夫人對他侄兒所持的善意，並且會在她面前擺出一副對待自己的侄兒，就像對待一個我們喜歡但又不大在乎的孩童的樣子。他甚至會對他侄兒前一天所冒的危險開著和氣的玩笑，說看法國女人是件危險的事。至於他呢，他害怕看到某些眼光，所引起的恐懼感會超過了面對那些砲彈上膛的大炮。說話的時候，他看著侯爵夫人，侯爵夫人則報以微笑向他致謝。

侯爵強烈懇求他的政治支持，而且熱情的為波旁家族一案辯護，這使得亞歷山大的副官都掩蓋不住他的驚訝。

——他對他說，侯爵先生，這些親王都在法國留下了愉快的回憶，這是真的嗎？這與我們那裏不同的是，當時亞赫多伯爵[24]前來向我們凱薩琳大帝[25]懇求保護的時候，難道你沒有聽人談過，一把交給他非常出色的寶劍是為了要把法國再奪回來的，但居然很快的在英國被賣掉了？……

——這個……！全然沒有準備的侯爵說，那是很久以前了！……

---

[24] 亞赫多伯爵（comte d'Artois, 1757-1836）。即後來的法國國王查理十世（Charles X），本名查理-菲利普（Charles-Philippe），1795-1814曾流亡英國，1824 年繼路易十八為國王，1830 年七月革命，查理十世遜位，再度流亡英國。

[25] 凱薩琳（Catherine II, 1729-1796）。俄國女皇凱薩琳大帝（Catherine la Grande）。除了政治武功之外，凱薩琳極重視文化藝術，被奉為「啟蒙之友」（Amie des Lumières），熟讀孟德斯鳩《法意》並支持狄德羅（Diderot）和達朗貝爾（D'Alembert）《百科全書》（Encyclopédie）的編纂和出版，並買下狄德羅和伏爾泰（Voltaire）的藏書，還延攬狄德羅至聖彼得堡宮中作客五個月，每日談話三小時，另支付狄德羅年金，名義上作為自己藏書的管理酬勞，所以狄德羅曾為凱薩琳的圖書館員。（圖 21）

——那個時候亞赫多伯爵還年輕，侯爵夫人接著說，而且奧斯克伊先生也很年輕！他不會記得的。

這幾句機靈的恭維讓奧斯克伊深受感動。以女士們對這類事情所掌握的洞察力，花花提耶夫赫找到了敏感之處，而且以短短的幾個字就遠勝過她丈夫的連篇贅語和滔滔雄辯。

提耶夫赫先生看到她說得比他好，而且知道美貌比辯才是更好的辯護人，所以就讓他們在一起，慕薩金則是第三人，但過了不久，慕薩金就從僕人馬丁手中接到一則訊息，請他去親口答覆。

圖 21　凱薩琳大帝

他在候見室裏看到一個人，他可憐的臉色與房子內僕人們的容光煥發不成對比。這是一個十五、六歲的男孩，小個子，很瘦，臉色發黃，油髒髒的黑頭髮不大自然的貼在兩側臉頰上，但臉蛋還相當漂亮，清亮的黑眼睛，下巴已經早熟的冒出了一些像汗毛的小鬍子，人就可憐的塞在一件像從一個撿破爛的背框裏兜出來釘著金扣子的綠色衣服裏面。他穿著一件髒兮兮的白襯衫，緊緊打著一條軍用黑領帶，對照著一件花邊已經撕裂，領子寬大的幾乎能遮住整件衣服大小的狹窄背心。這是一個巴黎的小伙子，滑稽的、難看的套著一件假日外出服。

——你是為了誰跑來這裏的？慕薩金嫌惡的打量著他，心不甘情不願的問他。誰派你來的？你要做什麼？

——我要對殿下說話，小伙子以一種和別人對他一樣的藐視態度不疾不徐的回答。這是不是同盟國所禁止的？

他的放肆倒是逗得這個俄國王子有點開心，他遇見了一個值得了解的傢伙。

——你說！他微笑的對他說，盟國不反對這個。

——好！小伙子想，所有的人都喜歡笑，甚至這些混蛋傢伙。他接著說，但我必須和你私底下講，這與那些僕人先生們一點關係都沒有。

——小鬼！慕薩金說，你倒是高高在上！那你隨我到花園去。

他們穿過了大門，走進一條綠蔭如蓋，沿著圍牆的小徑，小伙子從容不迫的開始他們的對話。

——我是芳希雅的弟弟。

——很好，慕薩金說，但是芳希雅是什麼？

——芳希雅，抱歉！那個被你的馬踢倒的女孩，你曾經不只問了她的名字……

——啊！我想起來了！並非如此，我沒有問她的名字。她還好嗎？

——好，謝謝，你呢？

——這跟我沒有關係。

——恰恰相反，是她要對你說話，只對你。你說，你是不是想要她和你說話？

——確實是。

——我去把她找來。

——不行，我不能在這邊見她。

——為什麼？

——這不是我家，我到她那裏去看她。

——既然這樣，我走在前面，你隨我來。

——我不能出去，但三天以後……

噢，對了！你可是在受罰！在候見室，大家談到了這個，剛剛在大廳中又講到了。這樣吧！這是我們的地址，他說著並遞給他一張髒兮兮的紙條。三天，太長了，等得都擔心死了。

——所以你們很急？

——是的，先生，如果可能，我們急著想得到一些我可憐母親的消息。

——你的母親？

——一個很有名的女人，俄國先生。就是咪咪蘇絲[26]小姐，你看過她跳舞的，在莫斯科劇院，絕不會在別的地方，是在戰前的時代。

——是的，是的，的確是，我記得，那個時候我在莫斯科生活，但我從來沒有去過後臺。我不知道她有孩子……我應該不會是在那裏見到你姊姊的。

——你不是在那裏看到她的，而且你應該不會注意到她，她年紀太小了！但我們的母親，我們可憐的母親，王子先生，你的確在別列津納[27]又見到她！你和哥薩克人在一起，他們對那些動作慢吞吞的可憐人大開殺戒！[28]我不在那裏，我不是在俄國長大的，但是我姊姊在，她發誓看到你。

——沒錯，她講得對，我是在那裏，我指揮一個分遣隊，現在我記得她了。

——那我們的母親呢？那她在哪裏？

——她可能跟上帝在一起了，我可憐的孩子！我可是一點都不知道！

---

26 咪咪蘇絲（Mimi la Source）。為女主人公芳希雅母親的藝名。

27 別列津納（Berezina）。白俄羅斯境內河流。1812 年 11 月拿破崙軍團與俄羅斯發生別列津納戰役。拿破崙在莫斯科失敗後，試圖在波里索夫（Borisov）渡過別列津納河撤退，轉進波蘭。儘管損失慘重，拿破崙還是成功渡河，帶著殘部逃脫。（圖 22）

28 拿破崙從別列津納撤退時，俄羅斯在哥薩克人的協助下，阻擋並追擊法軍。在撤退時遭殺害的還有許多非戰鬥人員和平民，哥薩克人並擄獲了大量的戰利品。文中所指那些慢吞吞、拖拖拉拉的人，是跟隨拿破崙撤退的平民。

圖 22 拿破崙撤退越過別列津納河

——死了！小伙子重複這個字，他發紅的雙眼噙滿了眼淚。可能是你把她殺了！

——不，不是我，我從來不攻擊沒有抵抗的敵人。你要知道，孩子，這就是一個所謂重視榮譽的人。

——是的，這個我聽別人談過，我姊姊記得哥薩克人什麼人都殺，那麼，你是指揮一些沒有榮譽的人了？

——戰爭就是戰爭，你搞不清楚自己在講什麼的，夠了！他看這個孩子還要反駁。我沒有辦法給你母親的消息，在那些犯人當中我也沒有見過她。我看見你姊姊，在別列津納之後的第一個城市，我們在那兒停留，你姊姊為長槍所傷，我可憐她，把她弄到我住的房子裏，而且把她託給了房東。為了有人能照料她，我甚至在第二天離開的時候還留了一些錢。她是不是還需要什麼東西？我已經給……

——不是，什麼都不要。她絕不同意為了她去接受任何東西。

——那麼給你呢？慕薩金說著，把手伸向腰帶。

或者因為貪慾，或者基於需要，這個巴黎小伙子的眼睛一陣子亮了起來，

但他向後退了一步，好像是要自我脫逃似的，以一種頗為滑稽可笑的尊嚴叫了出來。

——不要！不要這個，婊子養的！俄國人的我們什麼都不要！

——那麼，你姊姊為什麼要見我？她是不是希望我能幫她找到母親？這對我來說非常的不可能！

——我們還是可以知道她是不是被關了起來？我不能夠準確地告訴你，在什麼地方，又是怎麼發生的，但芳希雅會向你解釋……

——你看看你，我會盡所有我使得上力的地方。叫她禮拜天等好！我到你們家去。這樣你就高興了？

——我們家……禮拜天……小伙子說著抓著耳朵，這沒有辦法！

——為什麼？

——為的是因為……最好她能來這裏。

——這裏，完全不可能。

——啊！對了，這裏有一位漂亮的女士，因為她會吃醋……

——閉嘴，壞蛋！

——好吧！在候見室裏，那些奴才僕人都不方便大聲說話，因為有個有錢的女人在管著！……

——滾出去，混帳！慕薩金說。他從上個世紀的法國作家當中，學過一個上流社會的人物如何對底下的人說話。

但接著又以習慣的方式講：

——你走，不然我叫我的哥薩克人割掉你的舌頭。

小伙子沒有被這個威脅嚇著，把手放在嘴巴上作勢要把舌頭拉出來，就好像因為疼痛把他的這副怪相扯出來一樣，然後，並沒有開溜，看到前面花園有一道不太高的牆，他像猴子一樣身手矯健的跨上了圍牆，而且用拇指頂住鼻尖，搖動其他四個指頭，對俄國王子做了一個誇張的鬼臉，然後就消失了，可是他並沒有考慮到是跳到街上或跳進另外一個圍起來的地方，而且必須再一次的翻出去。

慕薩金見到這樣的大膽魯莽，一陣混亂的待在那裏。在俄國，他有責任派人去追，把膽敢對他做出這樣侵犯的人抓起來痛打一頓。他甚至想了一下，是不是不要叫莫茲達去翻牆把罪犯抓回來了？因為這罪犯早已經跑在那個哥薩克人的前面了，而且對芳希雅的回憶讓慕薩金的怒氣煙消雲散，他停在一棵椴樹下，在一張長椅上坐下來去做他的遐思。

——沒錯，我現在想起她來了。他在精神上做了一次回顧之旅，他對自己這樣講著事件的情況。那是在普雷切尼茲[29]，

[29] 普雷切尼茲（Pletchenitzy）。地名。

1812 年 12 月的頭幾天，由布拉托[30]指揮追擊行動。前一天我們攻擊了法國人，那些法國人在救了被我們哥薩克人圍困在穀倉裏的烏地諾[31]後，成功的脫身逃走了。我們需要休息，別列津納已經讓我們精疲力盡了。我找到一個角落，像一張床的樣子，沒有脫衣服就睡了。後來我們的車隊來了，載著戰利品、傷員，還有一些犯人。我看到一個女孩，看起來最多十二歲，相當漂亮，白皙的膚色和一頭黑色散亂的長髮！她像是在一個雜亂不堪的蒙古包裏，和那些垂死的人以及一些大包小包的東西混在一起。我告訴莫茲達把她拉出來放在一間簡陋的，我把它當成自己房間的小屋子裏。他把她放在地上，她已沒有知覺，莫茲達對我說：

——她死了。

但她張開了眼睛，驚訝的看著我。她傷口的鮮血已經凝固在她當作披風的破衣服上。我對她說法文，她以為我是法國人，還問我她母親的情況，我記得很清楚，但我沒有時間訊問她，我還要下一些命令。我指著我睡的那張簡陋的床對莫茲達說：

---

30 布拉托（Matvei Platov, 1753-1818）。俄國將軍。1812 年拿破崙從俄國撤退時負責追擊法軍。1813 年 10 月俄國、普魯士、奧地利聯軍在萊比錫（Leipzig）決定性的擊敗拿破崙後，布拉托再度扮演追捕法國人的角色。後隨俄皇亞歷山大訪問英國，獲頒牛津大學榮譽學位。（圖 23）

31 烏地諾（Nicolas Oudinot, 1767-1847）。法國名將，一生當中受傷 34 次。1810-1812 年負責管理荷蘭政府。1812 年 8 月指揮法國軍團作戰，受重傷，被抬離戰場。法軍撤退時，在別列津納河建造橋樑發揮關鍵作用。拿破崙退位後，加入新政府，由波旁王朝路易十八封為貴族。（圖 24）

圖 23　布拉托

圖 24　烏地諾

——讓她安靜的死吧。

我丟給他一條手巾好綁在傷口上，我要跟我的人出去了。當我回來的時候，我把這個小孩子忘了，在離開城市之前我自己只有一個小時，我利用這點時間給我母親寫幾個字。一個情況出現了，當我寫完的時候，我想起那個受傷的女孩躺在只離我兩步遠的地方，我看著她，看到她兩個黑色的大眼睛盯著我，是如此的凝神，又如此的凹陷，她遲滯的眼神就像死人一樣。我向她走過去，把手放在她的額頭上，又有了一些溫度而且有點潮濕。

——所以妳沒有死？好吧！那就全力救治！

我在她牙齒之間放了一塊留在桌子上的麵包皮，她很弱的向我笑了笑，張大嘴巴把麵包轉了一轉吞了下去，因為她沒有力氣把手伸過去。真是可憐！我跑去找其他吃的東西，並對那房子的女人說：

——妳要照顧這個小女孩。這是一些錢，妳要救她。

這時，因為我要出去，這個孩子用了很大的力氣，從床上抬起她瘦細的雙臂伸向我，說：

——我母親！

——什麼母親？在哪裏能找到她？既然她不在這裏，那她就是死了。我只能難過的聳聳肩膀。

小喇叭響了，我必須要走了，去繼續我的追擊。那麼現在……這個母親，我們能不能希望再把她找回來？這絕不像她小孩對他講的那樣是個名人，她是那些可憐的巡迴藝術表演者之一，拿破崙在莫斯科發現了他們，在大火之後讓他們重新登上劇院，好讓停留期間他那些極其悲傷的軍士能有一些排遣，而且除了軍士之外，還跟著整批拖拖拉拉的人口，這阻礙了拿破崙的行進和加速了他的挫敗。有五萬個沒有用的人和拿破崙一起離開了俄國，回到法國的可能還不到其中的五百人。我總算看到這個孩子了，她越來越讓我感到興趣，現在她是這麼漂亮！

——比侯爵夫人還漂亮？

——不，這不一樣。

在與自己的思想進行了一次無聲的對話之後，慕薩金想起來，他把侯爵夫人留下來與他的叔父單獨的面對面了。

——你來了，我的表哥！她看著他過來喊了出來。你過來保護我，和奧斯克伊在一起真是一個大危險，他是這樣的按捺不住他的殷勤和風流倜儻。噢！這些俄國人！我不知道，我應該要怕他們的。

所有這些話，這個女人連一個字都不加考慮，泰然自若滔滔不絕的分別指向了兩個俄國人，年輕的那個從中看到了鼓勵，老的則碰上一些苦澀的玩笑。奧斯克伊相信從他侄子的眼中也看出了相同的諷刺。

——我在想，奧斯克伊以一種活潑輕鬆的神情遮掩住他的惱火說，妳想和迪歐密屈嘲笑我笑得要死。這本是年輕人初次見面開開玩笑的事，既沒有什麼想法，也沒有什麼意義……但這次在這裏不是這個情況，我就讓你們作伴吧，這比跟我在一起好。

——我可不可以問你，慕薩金一面領著他走到他租來的車子，一面對他說，你有沒有把我的案子拿去關說一下……？

——到你那美麗的女主人那兒關說？你自己一個人說就行了！

——不是！是到我們父親那裏。

——父親有的是時間管你的事，他現在正要立個法國國王！你把這事忘了吧，這樣比較好！你在這裏很好，你就長期待在這裏。

慕薩金懂得，而且這講到重點上了。奧斯克伊喜歡侯爵夫人，但他慕薩金呢，卻要受到他叔父的冷淡以對，而這也會導致他在主子面前失寵。除非侯爵夫人……但這無法假設，而且慕薩金已經相當愛慕她了，所以也無法心甘情願的停下來這樣的想。

所以他要盡力擺脫，盡力把他的不如意的事大事化小，盡力把已經開始的男女相好之事告一段落，而且不要壓住，要盡快。一個俄國的伯爵把他不高興的事放在沙皇的耳邊絕對不是一件小事！這會毀了一輩子的事業，這會是一個慘白的命運，也可能是全黑的，因為，如果不悅變成了憤怒，那可能就是毀滅、流放——為什麼不會是西伯利亞？找些說辭是很容易的。

侯爵夫人發現愛慕她的人是這樣的忙，不時的這樣悶悶不樂，所以她不得不對他指出來。她先試著向他開玩笑，為什麼在大廳裏失蹤了那麼久，或許猜得不夠準，她問他整整離開了一刻鐘，是不是去照顧那個灰粗布女人了。

——哪個灰粗布？

他其實對她已經一點都不關心了，他現在希望弄清楚的，是她焦慮不安的真正原因，而他成功了。

首先，這個瘋了的侯爵夫人就只顧著笑，她對把這個大有權勢的奧斯克伊弄得神魂顛倒並不覺得有什麼不妥。但他不明白的是她為自己的賣弄風情而以忍受真正揮之不去的糾纏為代價。慕薩金看的很清楚，這個小腦袋大身軀讓她引起很大的反感，而慕薩金對她的秘密意圖也沒什麼惡感，但他認為可以迂迴的機靈一點。

——既然妳當作是開玩笑，他對她說，我是很樂意犧牲我叔父對我的保護，那麼我就可以開始忌妒他、吃他的醋了，但我還是要對妳說清楚那些會對妳個人造成的危險。

——危險？對我？與這樣一個巨大的怪物面對面？你把我當成什麼人了，我的表兄！你對法國女人居然有這麼糟糕的看法……

——法國女人遠沒有俄國女人妖嬌嫵媚，但法國女人比較直接大膽，比較坦白。如果你同意的話，她們比較勇敢。她們會激發出一些自己都不甚瞭解的虛榮和浮誇。我是不是可以請教妳，提耶夫赫侯爵先生是不是基於情感的理由而希望波旁家族復辟……

——當然是。

——確實，可是難道他沒有更大的利益要去實現？

——我們已經相當富有，不需要有什麼私心了。

——我同意！然而，如果有人在他們那裏說了妳的壞話…

——我們的處境是非常不清楚的，因為我們不知道會發生什麼事情。我們受了很多的牽連，我們做了很多的犧牲。但你叔父在波旁家族那兒能傷害我們什麼呢？

——沙皇什麼都做得到，慕薩金以深沉的表情回答。

——你叔父對沙皇什麼都行嗎？

——不行，不是什麼都可以，但是很多。他說著，帶著一個神祕微笑，這嚇到侯爵夫人了。

——所以你認為，遲疑了一下，她說，難道我剛剛取笑他的風流殷勤是錯了？

——是的。在我面前，大錯特錯！

——這真的會把你毀了？

——噢！這個，不管了！但我比較擔心他會對妳造成的傷害……妳不瞭解我叔父。他在他那個時代是女人的偶像，他長的俊美，他熱情的愛戀她們。然而他現在已經降低了膽子和對自己的要求，但妳絕不要去刺激一頭老獅子，而妳已經刺激他了。不久，他就會相信……

——你給我閉嘴！是不是因為忌妒，你就給我來上這麼辛苦的一課？

——是忌妒，我不能否認，因為妳逼著我講的，但這也是忠誠的友誼。根據我對我叔父個性的瞭解，年齡讓他變得更為尖刻易怒，他的脾氣比在俄國的時候報復心更強，俄國是個任何事情都不會遭到遺忘的國家。防著一點，我的美人，我迷人的表妹！在鵝絨似的腳掌下可藏著銳利的爪子。

——啊！老天。她喊了出來。就是這個你嚇到我了！但是我不知道他能對我做出什麼樣的傷害！……

——妳要不要我告訴妳？

——要，要，你說！我必須要知道。

——那妳不會生氣？

——不會。

——今天晚上，當父親，也就是大家稱呼的沙皇，問他白天所看到和聽到的事。他會告訴他說，噢！我在這裏聽到這個！他會說：

——我看到我的侄子，他住在一個漂亮的沒得比的女人家裏，他非常迷戀她。

——那好，對他很好！父親會說，他還年輕，而且是老實規矩的喜歡女人。

明天父親會再想起來，而晚上他就會問我叔父：

——那麼！你侄子高不高興呢？

——也許，伯爵會這樣回答。

他也會向沙皇提到提耶夫赫侯爵在塔利亨公館某個大廳裏的事。他告訴他：

——當這個丈夫在那裏搞政治，並且在奉承你的時候，而我的侄子卻在討好他的老婆，他這個禁閉關得很愉快呢……

——夠了！侯爵夫人生氣地站了起來，說，我丈夫會被別人當成笑話的，他可能會成為一個令人討厭的角色。你在我家連一個小時都不能多待了，表兄！

事情走得比慕薩金想像的遠，侯爵夫人按鈴通知她的人，俄國王子要走了。但他卻似乎沒有什麼不安。

——妳是對的，表妹，他深情的說。我必須要永遠對妳說再見了，妳要相信，我是在心裏帶著妳的形象走的，到西伯利亞礦場最深的地方。

——你在說什麼西伯利亞？為什麼？

——我要坐滿我的禁閉，一天都不會少的！

——啊這個！在你的國家這真是一件殘酷的事？留下來！留下來！……我不願意失去你。她對剛剛按鈴叫來的那個僕人故意說，把這些花拿走，煩死了！

僕人一出去，她又講：

——你留下來，表兄，但你要告訴我該怎麼辦，讓我們，你和我兩個，能避掉你那個老猴子叔父的憤怒。說真的，我沒有辦法對他裝可愛，我討厭他！

——妳要可愛，就像一個有道德的，貞節的，不為任何誘惑所動，或造成任何傷害的女人一樣。像他那樣的男人都不會要這樣有道德的女人的，他們不會吃妳的醋。妳去告訴他，他沒有對手，妳把我犧牲掉，對他說我的壞話，在他面前嘲笑我。

——你要受這個罪！侯爵夫人說，她對這些無聊的性格上細微的差異從來沒有什麼掌握。

他讓她真正覺得噁心，說：

——表兄，我會做所有對你有用的事，除了這個。我會很簡單的告訴你叔父，我都不喜歡你們，不管是你還是他……對不起，我要去做些打扮了，接見客人的時間到了。

她沒等到回答就走了出去。

——我傷了她，慕薩金想。她相信，基於政治手腕的考慮，我不打算讓她喜歡我。她把我當個小孩看，因為她自己也是個小孩，而且她必須要很喜歡我才會心甘情願的幫我去騙我叔父的。

半小時以後，提耶夫赫夫人的客廳擠滿了人。外國人進入巴黎的那件大事在前一天就終止了所有的人際往來。從第二天開始，巴黎生活又重新拾回了它高社會階層特別熙來攘往的步調，男人都熱切的聚在一起開秘密會議，女人則對未來抱著一個熱烈的好奇心，焦急的相互問著問題，或者在保皇黨成員的刻意宣傳下，彼此打聽著事情。大家都知道提耶夫赫夫人的丈夫是個積極的、野心勃勃的人，所以她是他們這個圈子所有女人瞄準的對象。她並不向她們鼓吹法律的正當性，有些人已經不需要了，因為她們已經轉向，另外的人則是一點都不懂，她們還在嗅著看看風是從哪裏吹過來的。提耶夫赫夫人，氣定神閒堅定的告訴她們，不久之後就會有一個朝廷，要早一點找出那個參加第一次社交活動自我表現的方式，而且要好好考慮應該穿什麼衣服。

——難道我們沒有一個皇后來掌理這些要務。一個年輕的婦人問。

——沒有，親愛的。一個上了年紀的女士回答。國王沒有再婚，但有一位夫人，他的姪女，路易十六的女兒，她非常恭順虔敬，她會讓妳們穿著一身端莊來換掉你們這些不成體統，連件衣服都沒有的人。

——啊！我的天！那個年輕婦女對著旁邊女士的耳朵，形容剛剛說話的那位，是不是我們所有的人都要穿的像她一樣？

——啊，那個！另外一個則問侯爵夫人，有人說妳府上有個非常英俊的俄國人，妳是不是對我們把他藏起來了？

——我這個俄國人只是個哥薩克，提耶夫人回答。他不值得給大家看。

——妳收留了一個哥薩克人？一個非常外省[32]鄉下的小男爵姑娘說，是不是那些男人只吃蠟燭？

——呸！我親愛的，剛剛講話的那個老女士又說，都是那些雅各賓黨人[33]在傳播這些說法！哥薩克的軍士都是一些出生好、教養好的人。住在這裏的是個王子，這我是聽說的。

——妳們明天再來看我，我把他介紹給妳們，侯爵夫人說，目前我不知道他在哪裏。

——不遠，一個十二歲大天真的小孩說，他是陪他祖母來做參訪的年輕公爵，我剛剛看到他穿過花園！

——提耶夫赫夫人把他藏起來了，當然是！那些年輕好奇的女士叫了出來。

事實是，不久之前，為了這個英俊的表兄，侯爵夫人生了讓她覺得輕蔑噁心的悶氣，她沒有把他介紹給周遭的人就離開了。她表兄一人在花園賭氣，她決定派人把他叫來，或許很高

[32] 外省（province）。在法國，巴黎以外的地方皆為外省。巴黎的居民為巴黎人（parisien），巴黎以外地區的人，則為外省人（provincial）。作為形容詞，外省的或外省人的，也含有外地的、鄉下的、土里土氣、鄉巴佬的意思。

[33] 雅各賓黨人（Jacobins）。大革命最具影響力的政治團體，名「自由與平等之友雅各賓社」（Société des Jacobins, amis de la liberté et de l'égalité），後簡稱「雅各賓俱樂部」（Club des Jacobins），或僅稱「雅各賓」（Jacobins），為政治的極端派（extrémistes），反保皇主義。主政的恐怖時期（Terreur），至少有超過 1 萬 7 千人遭到處決。

興能夠像製造出一個俄國恩賜的美好樣品一樣，而且擺出一副滿不在乎的神態。這可是女人的復仇！

他得到了熱烈的成功，不管是老的還是年輕的，以一個我們風俗裏不拘禮節，和社交慣例中不會約束的好奇心，把他圍住，像貼近看一隻外國蝴蝶一樣的仔細觀察他，並按照每個人思想所能理解的範疇對他提出非常多棘手或幼稚的問題，也對他們在政治情感上輕率的冒進進行辯解。帝國最後給人的印象是準備要在一個哥薩克人的身上看到那種兇神惡煞的魔鬼，可是這個樣例卻是俊美的、溫和的、有香味的、穿著好的，我們都希望能摸摸他，給他糖吃，用車把他載走，帶給好朋友們看的。

慕薩金是這樣的吃驚，看到在這經過選擇的世界裏，發生了這些天真的場景，這種場景在其他的國家和社會圈子裏曾給過他強烈的印象。他得到了一次小小的成功，但他具穿透性和火焰般的眼神，造成的可不只是一個人的受害，而且當這些來訪依依不捨的離去後，他收到了如此多的邀請，這逼得他求助於侯爵夫人，把被他征服的人的名字和地址都登記在筆記本上。

提耶夫赫夫人以一個事不關己態度誇獎了她的這許多對手的頭腦和對他的心悅臣服，而她這態度也啟發了他。他看不起自己，而且從此以後，唯一的征服，對侯爵夫人的征服，才是他要的。

晚上吃過晚飯她要出去，所以再去換衣服，留下他與提耶夫赫先生在一起，而且，做了一個精心細膩的復仇後，她來做晚上的梳妝，她裸著雙臂一直到肩膀，坦著前胸幾乎直到腰際，她要挽著她丈夫的手臂，並且為她要把客人單獨留下而向慕薩金表達了帶著挖苦的歉意。可是提耶夫赫先生解釋必須要去忙他的公共事務，而慕薩金待在客廳裏，翻了翻一本政治小書後，在沙發上深深的睡著了。

第二章

慕薩金嚐了一頓大約一個小時甜美的休息，突然被一隻輕輕放在他額頭上的小手給喚醒了。他相信那是他剛好夢見的侯爵夫人所帶給他的恩情，他抓住了那隻手，要去親吻它，但他發現錯了。他原本熄了蠟燭，也壓低了燈罩，這樣可以睡得好一點，但他看到的是另外一件衣服，另外一個身材，就一下子起了身，懷疑是一個敵對國家的外國人。

——一點都不要怕，一個溫柔的聲音對他說，是我，芳希雅！

——芳希雅！他叫了出來，妳在這裏？誰讓妳進來的？

——沒有人。我告訴門房我要帶一包東西給你，他半睡半醒的，沒有注意。他告訴我，臺階就在那兒！我發現門是開著的，有兩個僕人在候見室裏打著紙牌，他們對我看都沒有看一眼。我穿過了另外一間一個你的士兵，一個哥薩克人睡的房間，這個人熟睡到我根本弄不醒他，這樣我就離你的前面已經不遠了，我發現你也在睡。

那所以你是一個人在這棟大房子裏的？我可以和你說話，我弟弟告訴我你不會拒絕的……

——但是，我親愛的，我不能在這裏跟妳說話，這是侯爵夫人的處所……

——侯爵夫人也好，不侯爵夫人也罷，這礙到她什麼了？她如果在，我就當她的面說。就是從……

——從妳母親講起？我知道，但是，我可憐的小東西，妳要我怎麼能夠想得起來？

——你曾經在劇院裏看過她，如果你在別列津納再見到她，還認得出她嗎？

——可以，如果我還有空閒能看一些東西的話，但是一個騎兵隊的職務……

——你們也會攻擊那些在隊伍中慢吞吞的，落在後面的人嗎？

——一定會，這是我的職責。妳母親在和妳分開的時候，有沒有去別列津納？

——沒有，我們沒有去。我們累得半死，總算在一處營地睡著了，那裏能生火。後來部隊把我們帶走了，走著走著，不知道要被拖到什麼地方去。我們離開莫斯科的時候，是坐著一輛舊的旅行馬車，這馬車是我們用錢買來的，還載著我們的家當，結果車子被搶走，去運送傷員。那些後衛部隊像是餓昏了似的，搶了我們的箱子，我們的衣服，和我們的生活用品，他們也真是悲慘！他們不知道自己在幹什麼，他們受的艱苦使他們像發了瘋一樣。連續八天，我們跟著部隊用兩隻腳走路，而且幾乎是赤腳。我們到了一個橋上，橋剛好爆炸，你們土匪一樣的哥薩克人就到了。我可憐的母親把我緊緊抓著靠著她，我感覺有個像冰塊的東西進入我的肌膚，這可是一記長槍！然後我什麼都不記得了，一直到我躺在一張床上。我母親不在，是你在看著我……你還餵我吃東西，你離開的時候還說：好好的治療。

——沒錯，非常正確。那後來呢，妳怎麼樣了？

——這說來話長了，而且我來這裏也不是為了談我的事……

——沒錯，是為了要知道……但我什麼都還不能告訴妳，我必須要打聽打聽，我會寫信去普雷切尼茲，寫去史都吉安卡[1]，寫到所有我們會運送犯人的地方，如果我一收到回覆的話……

——你是不是可以問問你的哥薩克人？我似乎覺得在普雷切尼茲，在你旁邊看到的，是不是同一個人？

——莫茲達？是他沒錯！妳的記性真好！

——你馬上去跟他講……

——也好！

慕薩金沒有出聲的去叫醒莫茲達，他是個可能連大炮聲響都聽不到的人，但如果從他主人那裏發出一點點靴子刮擦的聲音，他馬上就會起來，而且腦筋清清楚楚的就像挨了電擊一樣。

——你過來，慕薩金以自己的語言叫他。

哥薩克人跟著他到客廳去。

——你看這個年輕的女孩，慕薩金說著把燈罩抬了起來，以便看得清芳希雅的輪廓，你認得她嗎？

---

1 史都吉安卡（Studzianka）。波蘭東部一個村莊。

——認得，我的小老爹，莫茲達回答，就是把你那匹黑馬弄得直立起來的那個。

——是啊，但是在進入法國以前，你是在哪裏看到過她？

——在經過別列津納的時候，你下的命令，我把她抬到你的床上。

——很好，那她母親呢？

——那個跳舞的女人，她叫……

——不要在她面前叫她的名字。所以你認識她，那個跳舞的？

——在莫斯科，在戰前，你派我帶了幾束花送給她。

慕薩金咬住了嘴唇，他的哥薩克人使他想起來一件讓他臉紅的唐突艷事，雖然這件事純潔清白。那時他是多爾帕大學[2]的學生，放假的時候待在莫斯科，

十八歲，他強烈愛戀著咪咪蘇絲，一直到大白天看見她的憔悴枯萎和老態後才作罷。

——既然你記得那麼清楚，他對莫茲達說，你就該知道是不是在別列津納看到她。

——是的。莫茲達坦白的說，是在任務結束後我認出她的，但令人遺憾的是，她已經死了。

---

2 多爾帕大學（Université de Dorpat）。愛沙尼亞的一所大學。

Dorpat 為德語，愛沙尼亞語為 Tartu。Dorpat 為該國第二大城，多爾帕大學為瑞典國王，北方雄獅古斯塔夫二世（Gustav II）於 1632 年設立。（圖 25）

圖 25　多爾帕大學

——真是個笨蛋！是不是你把她殺了？

——或許吧！我不知道。你要怎麼辦呢，我的小老爹？那些慢吞吞的人既不向前，又不後退，必須要做個突破口才能搆得到他們的行李，所以我們用長槍隨便在人群中向前戳了幾下。我看到那個小女孩往一邊倒了下去，那個女人則倒向另外一邊，一個同僚把那個母親給了結了，我呢，我沒有那麼狠，我把那個小的丟在拖車上，這就是所有我能對你講的了。

——這好，你回去睡覺，慕薩金回答。

再也無需交代莫茲達什麼要他安靜、不要出聲的話了，他已經聽不進一個法文字了！

——好啊！好啊！我的天！芳希雅雙手合掌的說，他一定知道一些事情，你跟他講了那麼久！

——他什麼都不記得了，慕薩金說。我明天會寫信給事情發生的各個地方當局，我會知道還有沒有犯人留下來。現在，妳必須要走，我的孩子。兩天以後，我在城裏會有一處公寓，妳到那兒來找我，我會讓妳知道我的行蹤。

——我不能去你那裏，我叫德奧多去。

——那是誰？妳弟弟？

——是的，我只有一個弟弟。

——謝謝喔，不要叫他來，那個有夠嗆的小孩！我沒什麼耐心，我會把他從窗子趕出去的！

——他是不是對你不禮貌了？你一定要原諒他！他是個巴黎大街上的孤兒，不可能會有什麼好教養的。可是他心地很好。這樣吧！……如果你不願意看到他，我去和你談，但你會在哪裏呢？

——我還不知道，這棟房子的門房會知道的，妳只要來問他我的地址就可以了。

——好的，先生；謝謝你，再見！

——妳不願幫我做點事嗎？

——當然會，先生。我欠你一條命，如果你能讓我找到我母親，你可以要我跪著服侍你。

——所以妳很愛妳的母親？

——在莫斯科的時候，我不喜歡她，她打我打得太厲害了，可是到後來，我們那樣不幸的在一起，唉！是啊，我們就很愛對方了！而且，不知道是一時的，還是永遠的，自從我失去她以後，我就一直想著她了。

——妳是個好女孩。那妳要不要親親我？

——不要，先生，因為我的……愛人，他醋勁很大！如果沒有他，我會告訴你我很樂意的。

慕薩金不願讓她起疑心，就讓她走了，而且交代莫茲達送她到街上，她弟弟在那兒等她。她出去後，他很專心的仔細琢磨著從她身上感受到的強烈情感。芳希雅是個我們所說的很有味道的女孩，她的打扮花俏艷麗，但她的舉止卻非如此。她的個性正直，這使她一點都不願意去討好那些她不喜歡的人。雖然精神氣色不好，童年受了太多的苦，但她美得非常細緻，她有一種說不上來的魅力，慕薩金也只能用自己內在的語言裏，那些合適的字和慣用的句子來定義她的魅力。

侯爵夫人快到半夜才回來。她有點悸動不安，大家對她的俄國王子談的這麼多，覺得他這麼帥氣，有這麼多女人希望看他，想到他這麼輕鬆的就可以從她對他輕蔑的態度中全身而退，她就感覺很受傷。就像我們講的，當一群年輕貌美的女子，過來對他的貪慾作自我奉獻的時候，他還是不是堅持的要她？或許他對她只是表達一點點的關心而已，但這是一種她不能容忍的恥辱。她要回到他的身旁，決心點燃他的火焰，使他痛苦的遭受她給他的欺瞞和失望，因為不論任何情況，她都不願意成為他的人。

她把身邊的人都打發走，而且如果必要，為了要得到一些消息，她要等提耶夫赫先生等到天亮。她還是一身撩人的打扮，那種狹窄的，短的，薄紗緞子的緊身裙，這在當時是當作外衣穿的，而且她真的還圍著一條火紅色，非常亮眼的開司米大圍巾，很有藝術感的披在肩上，圍巾輪流在兩個肩膀上巧妙的掀來搭去。她金黃色的頭髮，帶點古典式的微微小捲，上面還圍著珍珠、羽飾和花朵。她真是美，再加上一番刻意的表現而更顯得特別活潑。慕薩金不是一個有感情的男人，一個法國男人會花時間去討論，或用真心或用智慧去進行說服和贏得勝利的。慕薩金在愛情上，既無心，也無機智的去自我激勵，他不藉用任何說辭，不做任何承諾，不要求任何愛情的靈魂，也不問問自己，這樣一個愛情是否存在？自己是不是可以激發這樣的愛情？也不想想侯爵夫人是否在感覺到這個愛情後，會向他發出一些狂野的要求？她很生氣，他在她身上這樣的撥弄了無聲的心弦。

當侯爵的車停在臺階前的時候，她有些慌張，這是他該回來的時候了，花花發誓不要曝露在危險之中，但是那盲目的飢渴再次出現，使她無法入眠。雖然她的心是自由而且冷靜的，可是她的理性，她的驕傲，她的謹慎矜持，一點都不屬於她的了，而那英俊的哥薩克人卻已高枕無憂，的確，她不要再試著去傷害他了，不要傷害到使她自己都抗拒不了他的地步。

第二天，慕薩金做了一些考慮，不要引起提耶夫赫先生的醋意。他在凌晨兩點看到他夫人和慕薩金面對面的還在一起，曾丟給慕薩金一個怪異的眼神。等禁閉一旦解除後，他就要離該這棟房子，而且在一個侯爵夫人能過來找到他的處所住下。

他把馬丁叫來，問他附近帶傢俱出租的一些公館的情況。

——我有個比較好的，這個內務僕人說。離這裏兩步遠的地方，在天井和花園中間，有一個樓，那是個非常漂亮的男孩住的公寓，去年這家的一個兒子住在這裏，他欠了一點債務，後來自己就這樣離開了，而且再也沒有回來。他同意他的內僕，也是我的朋友，如果有好機會，可以把帶傢俱的房間轉租出去，也好支付積欠他的薪水。我知道現在那個樓是空的，我也常去，我會為殿下把事情盡可能安排的最好。

慕薩金並不富有，他也不確定與他叔父搞得好不好，他也不敢叫馬丁去幫他還還價錢。一個小時後，僕人回來了，交給他一副新公寓的鑰匙並對他說：

——明天晚上東西都會準備好，殿下會在那兒看到箱子、哥薩克人、馬匹，和一輛出去訪客時備用的高級馬車，還有我的朋友瓦倫丹，房東的內僕，不論白天晚上都隨時待命供差。

——這些所有的……要多少錢？慕薩金有一點擔心。

——這沒幾個錢，一天五個路易，因為我們不確定殿下會不會在侯爵夫人府上用餐。

——在做決定以前，他怕就這樣被敲了竹槓，但又不敢談，慕薩金說，你到塔列亨公館去送一封信。

他寫給他的叔父：

「我親愛而且嚴厲的叔父，你在我美麗的女主人那裏到底說了我什麼壞話？從你的來訪以後，她對我譏諷的厲害，而且我覺得她想要把我攆出去。我在找房子，你來巴黎的早，你認為跟我要一天五路易是不是在坑我，而且我自己可不可以這樣的奢侈？」

奧斯克伊伯爵懂了，很快的就回信：

「我毛躁親愛的侄子，如果你討了你美麗女主人的厭，這不是我的錯，我給你寄兩百法國路易，你要怎麼花都可以。在塔列亨公館沒有你的地方，我們已經很擠了，但明天你可以到父親跟前，我會安排你的事。」

慕薩金很高興他的計謀得以成功，他給馬丁下了個買賣成交的命令，而且要他把東西都收拾好準備搬家。

——你要離開我們，我親愛的表兄？侯爵要他來吃午飯。你在我們家覺得不好？

侯爵夫人臉色發白，她覺得遭到出賣了，一陣失落感揪著她的心。

——我在這裏比在什麼地方都好，慕薩金說，但是明天，我得重新服勤，而且我是一個惹人厭的客人。反正大家晚上都可以叫我，都可以逼著我在你府上鬧得翻天覆地的。

他又加了幾個別的藉口，侯爵沒有多說。侯爵夫人則冷冷的表達了她的遺憾和婉惜。但當她和他一單獨在一起的時候，她火氣就上來了。

——我希望，她對他講，在看到芳希雅小姐之前你再忍耐個四十八小時，但是你按捺不住了，昨天你在我的房子裏見了這個女孩。你不要否認，我知道，而且我知道這是一個會阿諛奉承的女人，是個理髮師的情婦。

慕薩金為自己解釋，說事情差不多已經過去了，又說那個小女孩，你要是說她漂亮，還不如說她比較醜，甚至沒有必要多看她一眼的。隨後他又拜倒在侯爵夫人的跟前，發誓她是巴黎唯一讓他覺得既漂亮又有誘惑力的女人，其他的都是在花之皇后——玫瑰的四周，一些沒有香氣的小花而已。他的恭維常見而且不甚高明，但他的眼神卻充滿熱情。侯爵夫人被這個愛慕者嚇到了，也擔心腳跟前這種令人驚訝的害怕會在大白天裏不停的出現，同時，她也相信責怪他的無情無義是錯的了，所以一切都原諒了他，而且自己許諾當他有了新住所的時候，會偷偷去看他。

——對了，慕薩金對她說，從二樓房間的窗子，他已經觀察一些地點，也擬定了做法，那棟我住的房子離妳的也只不過隔了一棟大公館。

——沒錯。是 S……夫人的公館……她現在不在。很多公館都空了，因為害怕巴黎遭到圍城。

——公館有個花園，一個很茂密的花園，連著妳的花園。圍牆並不高。

——你不要幹傻事！S……夫人的人會說話的。

——我們會多付他們錢，或者我們能避開他們的監視。跟我在一起什麼都不要怕，我生命中的靈魂！妳別看我莽撞，我也是很小心的，這是我們的民族性格。

他們被一些來訪打斷了，慕薩金對其他女人表現的謹慎持重，他在侯爵夫人這邊得到了一次真正的勝利。

第二天，歌劇院[3]做了最絢麗奪目的表演，巴黎所有的高級社交圈都擠在大廳裏，女人們都穿戴著極為華麗的服飾，二樓的包廂中很多人頭上都還綴著百合花，在長廊裏，有幾個女人戴著很難看的黑色小帽，還裝飾著公雞毛，這叫俄國式的帽子，這是在模仿那個國家軍官的帽子。演唱人萊伊斯[4]，已經老了，出現在臺上，還得意的說自己是個狂熱的保皇主義者。俄國皇帝與普魯士國王用的是拿破崙的包廂，萊伊斯以亨利四世萬歲的調子[5]唱了幾段歷史上記載，並被評價為「卑劣韻腳」的曲子。整個大廳響起了掌聲。漂亮的提耶夫赫侯爵夫人從包廂伸出潔白的雙臂揮著她的花邊手帕，就像揮著一頂白帽子一樣。皇帝包廂的最裏面，是龐然怪物奧斯克伊，他盯著侯爵夫人看。慕薩金則是在最後面，到了走道上了。

---

[3] 歌劇院（Opéra）。為曾位於今日第九區黎希留街（rue Richelieu）法國國家圖書館舊館對面的藝術劇院（Théâtre des Arts），是巴黎的大歌劇院，為 1794-1820 年間主要的表演場所，1820 年貝里公爵（duc de Berry, 1778-1820）在歌劇院門口遭暗殺，路易十八悲痛之餘，下令拆除劇院，原址現為公園盧瓦廣場（Square Louvois）。（圖 26）

[4] 萊伊斯（François Lay，藝名 Lays，1758-1831）。歌劇院主要成員，為最受歡迎的藝人。萊伊斯曾支持法國大革命，後也得到拿破崙的贊助，為拿破崙的寵臣之一。可是拿破崙垮臺，波旁復辟，萊伊斯則遭遇了困難。1814 年沙皇亞歷山大一世開進巴黎，塔列亨（Talleyrand）下令歌劇院為沙皇演出，萊伊斯即飾主要角色。（圖 27）

[5] 亨利四世萬歲（Vive Henri IV）。十六世紀法國流行歌曲，1581 年就有這首曲子的最早紀錄，事實上為法蘭西王國的國歌。到路易十六時，改為「路易十六萬歲」（Vive Louis XVI），復辟時期（1814-1830）改為「法國王子巴黎的班師回朝」（Le retour des princes français à Paris）。

圖 26　歌劇院

圖 27　萊伊斯

在圓拱下，有一小群民眾，學著那一大部分聚集的觀眾，也鼓了掌。如果有的話，我們一定是對付費的觀眾做了選擇，機關的所有工作人員都收到了票，並指令他們舉止表現要好。在專事人員中，古茲曼．樂伯先生，在後臺大家叫他英俊古茲曼[6]，則是參謀部的理髮師領班，他則收到兩張優待票，寄給了情婦芳希雅和她弟弟德奧多。

他們倆都在那裏，巴黎可憐的孩子，在輝煌吊燈的後面，相當的高，非常的遠，在一個像鳥窩一樣凹進去的位置上，年輕女孩感到頭昏眼花的，看也看不懂。古茲曼送給她一條密織薄紗，繡了花的手絹，並且告訴她當她看到「美麗世界」上場的時候，再舉起來對空揮一揮。末了，在萊伊斯表演那非常難看的大和唱的時候，她做了一個要把她像旗子般的手絹打開來的生硬動作，但是她弟弟沒有給她這樣的時間，他一把從她手中把手絹搶過來，對裏面吐了幾口痰，再把手絹丟到大廳裏，消失在這個迫不得已裝出來的熱情喧囂之中。

——噢！我的天！你在幹什麼？芳希雅說，雙眼滿是淚水，我漂亮的手絹！……

——妳閉嘴，我們走，德奧多回答，雙眼有點失去理智，走！要不然我是第一個向這堆廢物衝過去的人！

——芳希雅嚇到了，抓著他的手臂和他一起出去。

——不！不要回頭走，他在跨過門檻的時候對她說。裏面

6 古茲曼．樂伯（Guzman le Beau）。le Beau 是這個小說中人物的姓，而法文 beau 為英俊、俊美之意，所以文中說他是「英俊古茲曼」。

太熱了，我們走。

他快步拖著她，嘴裡唸唸有詞的發誓，指手畫腳的像是一個發怒的人。

——你看你，德奧多，當他們走上林蔭大道時，她對他說，你瘋了！你怎麼回事？你要想想所有的這些外國士兵都在我們附近紮營！你什麼都不要講，要不然別人會把你抓起來的。你到底是怎麼回事？說啊！

——我，我……我也不知道我怎麼回事，他回答。

他忍著，一直忍著，什麼都沒說的和她一起回到了他們住的房子。

——好了，他說，他們走進莫伊內老爹的家，古茲曼給了我三法郎，要請妳吃東西，我們去喝大麥杏仁茶，我可以恢復一點精神。

他們走進樓下的小咖啡館，這是一個在斯莫廉斯克[7]受傷殘廢的老士官開的，有幾個普魯士的士官在門口露天喝著烈酒。

芳希雅和她弟弟離他們很遠，坐在房子最裏面一張大理石小桌子旁，因為玩骨牌遊戲，桌子已失去了光澤而且劃出了一道道的痕跡。德奧多先高興的嚐著他那杯大麥杏仁茶，然後突然把杯子翻倒在大理石桌上。

——看吧，他對他姊姊說，事情不完全是這樣的！我不許

---

7 斯莫廉斯克（Smolensk）。俄羅斯聶伯河（Dnieper）畔，莫斯科以西約 360 公里的一個城市，是通往莫斯科的門戶。

妳回到那個俄國王子的家去，那不是一個像妳這樣的女孩該去的地方。

——你今晚是怎麼回事，反對同盟國？你是這麼高興的到歌劇院去的，在包廂裏……抱歉！那麼，在結束前你又把我帶走！

——是的！沒錯，是這樣！我很高興看到自己坐在包廂裏，可是也看到那麼多人對著如此愚蠢的一首歌鼓掌叫好！……你知道，趴在那些哥薩克人的靴子底下，有夠噁心……真是丟臉！我們只是個窮人，沒有麵包，什麼都沒有，但是我們會把痰吐在所有這些敵人的帽子的羽毛上。我們的同盟！呸！都是一堆土匪！什麼我們的朋友，我們的解救者！都給我滾！妳看著好了，他們會在巴黎到處放火，如果我們讓他們這樣幹，乾脆去舔他們的腳好了！妳不要再去那個俄國人家了，要不然我會告訴古茲曼的。

——如果你把這個告訴古茲曼，他會殺了我，然後你就得了便宜，你就高興了！你如果沒有我的話，你會變成什麼樣子？一個從來什麼都不想學的傢伙，而且十六歲了，就像一個剛剛出生的小孩一樣，沒有辦法去討自己的生活！

——可以，但不要把我惹毛了！你那個俄國人……

——是啊，一個可以幫我們找到可憐母親的俄國人，而我們卻要講他的壞話！

你至少要講出個道理來啊！你不要連一件小事都辦不好！看來你和他溝通不良，他還說，你如果再去，他會殺了你。

——妳看看，妳這個小壞女人！他會用他混蛋哥薩克人的長矛一槍把我刺穿！都是些帶著婊子嘴巴和死魚眼睛的貴族軍校漂亮的學生！我一次就能撂倒五百個，就像推骨牌一樣，從他們兩個腿之間穿過去，妳想不想看？

——我們快滾吧，你看你！你只講這些蠢話……在這裏的那些人，還是普魯士人呢！

——這更壞！我也喜歡那樣整他們普魯士人！妳想不想看？

芳希雅聳聳肩，用一支鑰匙敲了敲桌子，把伙計叫來，德奧多付了錢，再抓了他姊姊的手臂準備要出去。那群普魯士人一直留在門口，大聲說著話，就像一些大石頭一樣，在那兒動都不動，也不讓人進出。小伙子先輕輕推了他們一下提醒他們，然後用力一推，對他們說：

——喂，你們能不能讓女士們過一下？

他們像啞巴和聾子一樣，因為看不起這些一般老百姓。其中一個還發現了這個年輕女孩，用很蹩腳的法文說了一個粗鄙的字，大概是他希望自己是很可愛的意思，但是他才剛剛把音發出來，一記猛拳就揮了上來，傷了他的鼻子，甚至還冒出血來。於是二十隻手臂舞動起來，要抓這個罪犯，可是他對他姊姊說話算話，他像一條蛇一樣在敵人的兩腿中間滑了過去，而且把人都翻倒了，讓他們上下跌成了一堆。如果他不撞見俄國的小隊逮住他而且把他送到分駐所的話，他已經逃之夭夭了。打架的時候，芳希雅躲到莫伊內老爹那裏，這個老兵是她最好的朋友，是他經歷千辛萬苦，冒了很多風險才把她帶回法國來的，儘管自己受傷了還是保護著她，而且把她當作自己的女兒一樣。

可憐的芳希雅很擔心，莫伊內老爹不但沒有想辦法讓她放下心來，相反的，出於對外國人的仇恨，他就以最悲觀的說法對芳希雅解釋這次事件：如果在承平時期，因為在公共場所打架而遭到逮捕，這不是一件大事，尤其只是因為弟弟希望別人尊重他姊姊，但如果和外國人打架，那就沒什麼好希望的了。警察會把可憐的德奧多遞交給外國人，而且他們不會覺得有任何不妥的就把他給槍斃掉。芳希雅很愛他的弟弟，然而她對他很早就做過壞事，和他已無法矯正的怠惰也不能有所錯覺，去欺騙自己。從俄國戰場回來，她確實是在巴黎的馬路上找到德奧多的。他在小酒店裏混，或幫那些有錢人開開出租車門，賺個幾塊錢，他就靠這過活。她把他接走，能力所及的給他吃，給他穿，而她自己則靠從莫斯科撤退時，在災禍中意外留下的幾件首飾的收入營生。不久她微薄的積存耗盡，可是以她的工作，一天還賺不到五毛錢，所以她答應與一個小公證辦事員一起過著最起碼的生活。她覺得他相當漂亮，而且她真的喜歡他。可是她後來遭到背叛，甚至連第二天的晚飯在哪裏都不知道，就勇敢尊嚴的離開了他。經過一連串像這樣的冒險，對於遇上這麼多的經歷來說，她實在是太年輕了。她後來擄獲了古茲曼的心，他的生活相對寬裕，儘管他有忌妒的性情和傲慢的自命不凡，她也忠心誠意的愛他。芳希雅並不難應付，這必須承認，但她沒有什麼活力，身體和精神都弱，不久前才又站起來生活，雖然已經十七歲了，但她還不完全具有一個年輕女孩的神態，她漂亮的臉龐所引起的同情實多過於愛戀。如果對她所具有的感情，我們給予愛情之名的話，那她帶著的，是溫柔，善良，而多於激情。如果她真的喜歡一個人，那她那個淘氣鬼弟弟，在未經了解而且沒有把本能置於思考之下的話，也會同樣喜歡這個人的。但那個晚上，這兩個可憐孩子的靈魂裏發生了轉變，德奧多透過愛國的高傲之心第一次經歷了情感生活，芳希雅則害怕失去弟弟，也第一次感受到了對自我的掌握。

——聽好，莫伊內老爹，她對酒店老闆講，幫我叫一輛馬車，我要去找一個認識的俄國軍官，他可以救我可憐的德奧多。

——妳在對我唱個什麼調啊？莫伊內叫著，跟她講話的時候，他正在關他的店面。妳認識一些俄國軍官，妳？

——是啊，在莫斯科以後我就認識一些了，多的很。

——跟漂亮女孩在一起，他們就可以是好人了，那些卑鄙的壞蛋！這也就是為什麼我不讓妳去！好吧，妳上來我家，或妳留在這裏，我會盡可能去看妳那個笨蛋弟弟。一個這樣的小伙子，自己一個人去攻擊敵人！但不管怎麼樣，他不是一個懦夫！我去交涉，讓他們把他還給我們！

他走了出去。芳希雅等了一刻鐘，感覺像等了整個晚上那麼久，然後再過半小時，就像等了一個世紀那麼長。後來，實在撐不住了，見到一輛難看的出租馬車經過，車牌都不見了，她像半發瘋似的上了車，也不知道要去哪裏，只有一個不變的主意，就是祈求慕薩金的聲援，以阻止她的弟弟遭到處死。

雖然她及時上了馬車，車跑得很快，一下就到了那些表演出口的林蔭大道上，才十一點鐘，芳希雅答應馬車回來接她，然後只送她到聖馬丁門[8]。

圖 28　聖馬丁門

她先到了提耶夫赫公館，人都還沒有回來，但是門房告訴她慕薩金王子晚上要住在他的新居，他還指給她看。

——妳按大門的鈴，他告訴她，那邊沒有門房。

芳希雅，立刻跳上她的馬車，車夫按照她的指引，一面低聲抱怨，一面就跑下了街，從拐角處切了過去，看見一座順著一條最窄街道的高牆，這條街因為沒有商店和那些伸出牆外的

[8] 聖馬丁門（Porte Saint-Martin）。位於巴黎第十區，建於路易十四時期的 1674 年，為今日巴黎五個凱旋門之一。（圖 28）

樹枝而顯得黑漆漆的。她找到了門，摸索著門鈴，不久就看見大個子哥薩克人莫茲達提了一盞小燈出現了。

他對她微笑，扮了個鬼臉，以這種令人害怕的方式表達了他和藹可親的歡迎之意，他領著她直走到他主人的公寓，那裏的園丁，瓦倫丹先生，已把床鋪好，客廳也整理完畢。

瓦倫丹是一個小老頭，跟他的朋友，那個重儀節而且對人謙恭有禮的馬丁很不一樣。他所服侍的年輕富豪過著愉快的生活，而且對他容忍的性格感到很滿意。

看到進來一個打扮得很好的漂亮女孩，這是為了到歌劇院的包廂，所以她做了最漂亮的梳妝。他一下子就懂了，並對她做了禮貌的接待。

——請坐，小姐，他輕聲輕氣，親切的對她說。既然妳在這裏，王子可能就快回來了。

——你認為他一會兒就會回來嗎？她直截了當的問他。

——啊這個！妳應該比我清楚，難道他沒有和妳約好嗎？

他有點懷疑，又說：

——我想如果他沒有請妳，妳是不會在半夜到他家來的？

芳希雅還沒有純潔到如此無知的地步，她保有她相對而且崇高的貞潔，她臉紅了起來，而且為了別人頒給她的角色而有種受辱的感覺，但她非常了解並且接受了這種屈辱，為的是能夠見到讓他對弟弟有興趣的那個人。

——是啊，沒錯，他請我等他，而且你看那個哥薩克人很認識我，是他讓我進來的。

——這可能不是個理由，瓦倫丹又說，很簡單！我看妳是個可愛的孩子，如果妳願意，就在這張舒服的靠背椅上小睡片刻。我呢，我要去給妳做個榜樣，我今天整理了那麼多東西，我有點累了。

他就在另外一張靠背椅上躺了下來，長長的呼了一口氣，把王子那件皮襖拿來蓋在他怕冷的細小雙腿上，還套了絲質長襪，然後就昏昏欲睡的墜入了甜美的夢鄉。

芳希雅可沒有閒情逸致對這個人物的親切有禮感到任何驚訝，她除了鐘擺之外什麼都看不到，只就著自己的心跳數著時間一秒一秒的過去。她也沒有看看雅致公寓的富麗堂皇，大理石的小雕像，和那些代表快感享樂場景的畫作。她對所有這些東西都沒有感覺，只要慕薩金快點回來就好了。

他總算到了。很早芳希雅的車伕就做了他的哲學性論述，他寧願丟掉單跑一趟路線的錢，而不願錯過跑兩趟，或三趟的機會。所以呢，他就轉回到那幾條林蔭大道去了，而一點都不擔心他的這個工作方式。慕薩金沒有注意到門口出現了一輛車子，他大吃一驚在家看到了芳希雅。瓦倫丹，聽到鈴響，就起來了，小心的撣了撣皮襖，上前迎接王子。看到他吃驚的樣子，對他解釋著說：

——她以為殿下把她從家裏召來，我想……

——這好，這好，慕薩金回他，你可以下去了。

——噢！哥薩克人可以留下，在看到莫茲達也準備要離開，芳希雅殷切的說。

我不想討擾你們太久，我的王子。我的好王子，原諒我，但你一定要給我一句話，小小一句話，給在林蔭大道值勤的一個軍官，把遭他們逮捕的弟弟還給我。

——是誰把他抓起來的？

——一些俄國人，我的好王子，快快叫他們把他放了吧！

她講了在咖啡館裏發生的事。

——哦！我不知道在那裏有這麼一件大事！王子回答。妳那頑皮的弟弟是不是很嬌弱，在監獄裏過不了一天？

——可是如果人家把他殺了！芳希雅雙手合掌的叫。

——這也不是什麼了不起的損失！

——但我愛他，我！我寧可代他死！

慕薩金看到必須要讓她安心才行。他對於犯人是一點都不擔心的，他知道以俄國部隊所受的嚴格紀律，不會對他施以任何暴力的，但他想要在身邊多留一下這個對他苦苦哀求的人。他命令莫茲達上馬，到指明的地點去找這個犯人。帶著王子簽名的手令，哥薩克人跨上了他那匹脾氣暴躁的馬，立刻出發了。

——妳要待在這裏等他嗎？

慕薩金問那個年輕女孩，這樣的話，她一點都不懂。

——噢！上帝，她回答，你為什麼不直接的就讓他們把他放了呢？他不需要來這裏，因為你不喜歡他！他也不會謝你的，他很沒有教養！

——如果他沒有教養，是妳的錯，妳應該把他教得好一點的，因為妳的舉止文雅！為了找妳的母親，如果可能的話，妳會知道我已經寫信到那邊去了。

——啊！你真是好人，真的！你！你真是非常好。所以，你了解，我為什麼到這裏來求你，當然你也可憐我，不過我得讓自己回去了，我的王子先生，我不能再耽擱了。

——過了十二點了，妳不能一個人走啊！

——怎麼不可以，我在門口有輛車。

——哪個門？在街上只有一輛車，而且我連一輛車都沒有看到。

——他可能為我還佇在那裏？那些直挺挺像杉木一樣的車伕，他們真是這樣的！不過也沒有關係，在巴黎我不怕，街上還有人。

——不是在這邊，這裏渺無人煙。

——我什麼都不怕，我，我會小心看，而且我會跑。

——我發誓我不會讓妳一個人走。妳必須要等你弟弟。妳是不是在這裏不舒服？或者，妳怕我？

——噢！不是，不是這樣。

——妳怕妳的情人不高興？

——嗯！是的，他會跟我鬧的。

——或會虐待妳？這是個什麼傢伙？

——一個很好的人，我的王子。

——他是理髮師，是不是真的！

——是美容師，他也刮鬍子。

——這是個好行業！

——當然，他老實賺錢，老實過生活。

——他老實？

——但！……如果他不老實，我不會和他在一起的！

——妳真的愛他？

——你看看！你問這個，我已經是他的人了。你會認為這是為了利益？我是可以找到比他有錢十倍的人，但我喜歡他。他受過訓練，他常常到歌劇院的後臺去，而且他會所有的歌曲。我呢，我沒有興趣。我有一些同伴告訴我，說我是個傻瓜，說我感情用事是不對的，還說我終究會一貧如洗，是個窮光蛋。那又怎麼樣呢？我回答他們，我過去沒有過過舒服的日子，將來就算死在俄國日子也不會不一樣的！再見了，我的王子，我的嘮叨你也聽夠了，我……

——妳要去找妳那個費加洛？[9]妳看看，這真是荒謬，像妳這樣文雅的孩子居然屬於像他這樣的人。妳願不願意愛我？

——你？啊！我的老天，你在跟我唱的什麼呀？

——我並不是自負高傲的人，妳了解……

——你錯了，先生！芳希雅說著，血充上了臉。像你這樣的男人，不要為了一個想法而以後讓自己感到不光彩！我呢，我微不足道，但我不會讓自己受辱的。別人曾經讓我受過很多的罪，但我總是擡著頭走了出來。

——妳不要這樣想！我喜歡妳，我很喜歡妳，但如果因為我而妳拒絕過得更幸福，這會讓我感到難過的。我願放妳自由……付錢給妳，不！我了解妳有妳的自尊而且不做任何的計

---

[9] 費加洛（Figaro）。劇作家波馬歇（Beaumarchais, 1732-1799）創作劇中主人公名，為劇本《塞維亞的理髮師》（Le Barbier de Seville）、《費加洛的婚禮》（Le mariage de Figaro）主角，後法國即稱理髮師為費加洛。

算，但我可以讓妳穿得好一點，也把妳弟弟照顧得好一點。我給他找個工作，如果妳願意，我讓他來當我的差！

——喔！謝謝，先生，我從來沒有叫我弟弟吃過做僕人的苦，我們是出生好的孩子，我們來自藝術家家庭。我們不是那種人，我們沒有學習的機會，但我們不願意依靠別人。

——妳越來越讓我感到吃驚了，妳看看，那妳想要什麼？

——讓我回家，先生，不要擋住我的門！

芳希雅生氣了，她是真想走。慕薩金本來不太相信，看到她是認真的，而且這個始料未及的抗拒，卻點燃了他的一些奇想。

——妳走，他說著打開了門，妳是一個忘恩負義的小女人。怎麼樣！我沒有讓那個可憐的女孩送命，她還要求我把她的母親和弟弟還給她？我會做的，我答應了她，但我想到一件事，就是法國女人都沒有良心！

——噢！不要這樣講我！芳希雅叫了出來，她突然激動起來。說感激之心，我有，說朋友之情，我也有！我怎麼會沒有良心呢！這不是一個理由……

——當然是，這是理由。對妳來講也沒有其他的理由，因為不管什麼事情妳只問自己的心情！

——我的心，我已經給了你了，那天你在我嘴裏放了一塊麵包，而且我一直記得你，我保存了你的容貌像一幅畫像一樣的鐫刻在我的眼裏。當有人對我說「來看，這就是列隊走進郊區的俄國人」，我就感到痛苦和恥辱，你懂嗎！當我們什麼都忍下來，就為再看國家一眼的時候，我們是愛國的，但我寬慰的告訴自己，「也許你會看到一個人經過……」噢！我馬上就認出你了！我馬上告訴德奧多，「就是他，在那兒！還更帥，就是了，他是一個大人物！」真的，這使我激動起來，而且我後來還幹了一件蠢事，居然當著古茲曼的面講給他聽，他還拿起捲頭髮的鐵捲朝我臉上丟了過來……幸好沒有碰到我，他到今天都還很懊惱。

——啊！這就是妳所愛的對象的作風！可惡，親愛的！我不讓妳再看到他。妳是我的，因為妳愛我。我，我發誓會待妳好，而且在離開法國的時候會留給妳一個身分。我甚至可以帶妳走，如果妳跟了我的話。

——所以你沒有結婚？

——我是自由的，而且準備好好的疼愛妳——我旅行不定的小鳥。因為妳了解我的國家，妳覺得在莫斯科有一家親切的小店怎麼樣？

——不是燒掉了嗎，莫斯科？

——又重建了，妳去，而且比以前更漂亮。

——我喜歡這個國家，我們在那兒很愉快！但我還是比較喜歡我的巴黎。你不會在巴黎待下來。跟了你又突然失去你，是很不幸的！

——我們可能會待的很久，一直到和平的簽訂。

——很久，這不夠。當我去愛的時候，我希望能夠相信這是永遠的，要不然我不會去愛的！

——妳這個好笑的女孩！妳真的相信妳會一直愛著你的理髮師？

——聽他說話的時候，我就會相信他。他答應給我幸福，他也是的。男人都答應要忠誠，還要有一個善良的心。

——那他，既不忠誠，也不善良囉？

——我不願抱怨他，我不是為了這個來這裏的！

——但即便如此，妳可憐的心還是抱怨啊。妳是因為責任才去愛他，就像我們去愛一個壞的丈夫一樣，再說他不是妳的丈夫，所以妳有權離開他。

芳希雅不再講了，她認為王子的說理很強，而她答不上來。她似乎覺得他是對的，而且他向她說出了長久以來在她自己身上的一種厭惡感。慕薩金看到他已經說服她一半了，用一隻手抓起了她兩隻手，他想脫掉她緊緊裹在身上那條小的藍色披肩，自從有了這條珍貴的法國印花織品，她就養成披著的習慣，這條披肩要十法郎。

——你不要弄壞我的披肩！她天真的叫著，我只有這一條。

——真是可怕！慕薩金說著就一把把披肩拉下來，我會給妳一條真的印度開斯米的。妳小小的身材是多麼的漂亮！妳個子瘦小，但很勻稱，我的美人，完全像妳母親一樣！

沒有任何其他的恭維能對這可憐的女孩做更多的奉承了，而且，她對母親的記憶，被這王子技巧的挑了起來，這給她帶來一種對他新的親切感。

——你聽好！你要派人把她給我找回來，我發誓……

——什麼？妳要對我發什麼誓？慕薩金一邊說著，一邊吻了捲在她褐色脖子上的小黑色頭髮。

——我對你發誓……她說著就把他擺脫掉了。

門上有人小心的敲了一下，這使王子安靜下來。他走去開門，是莫茲達。他已經向哨所的軍官談過了，那個晚上所有遭到逮捕的人都已經遞交法國警方了。

德奧多已不在俄國人的手裏，他的姊姊可以安心了。

——啊！她叫著，兩手握在一起，他得救了！你真是大菩薩，你，我謝謝你！

慕薩金對她說明了哥薩克人對他的報告，並把這個結果的功勞算在自己身上，而且避免提到他的命令是事情過後才到的。

她吻了王子的手，拿起她的披肩想要走了。

——這不可能，他回答說，就一把把門在莫茲達面前關上，而沒有對他下達任何命令。妳必須要有一輛車，我讓人去給妳找一輛。

——這要很久，我的王子，在這個區域，凌晨兩點，我們找不到車的。

——好吧！我自己走路陪妳，但沒什麼好急的。妳必須對我發誓，離開妳那個笨蛋情人。

——不行，我不願意對你發這個誓。我從來不會因為偏愛另外一個人而離開一個人的，我只有在別人非叫我這樣不可的時候，我才會擺脫走人，而且這不是我和古茲曼的情況。

——古茲曼！慕薩金叫了出來，然後大笑起來，他叫古茲曼！

——這難道不是一個漂亮的名字？芳希雅有點愣住了。

——古茲曼，或稱綿羊的腳！[10]他一直笑，我們在那兒有人談過。我知道這首歌：古茲曼不認識障礙物。

——這好！是的，然後呢？「綿羊的腳」不是一齣難看的劇，而且那首歌很好。你不能這樣的嘲笑啊！

——啊！妳終究讓我感到煩憂！慕薩金說，他已經到了一個克制不了的頂點了，這有太多意識上說不清楚的地方，其中並沒有什麼道理可講！妳愛我，我很清楚，我也愛妳，我感覺得到。沒錯，我是愛妳，我喜歡妳小小的靈魂，正如我喜歡妳的人一樣。我喜歡妳的人，當妳是個快要死的可憐孩子的時候，妳的人已在我的心裏了，妳讓我感到震驚，給了我強烈的印象。我不知道妳已經十五歲了！……我還以為妳只有十二歲呢！現在妳可到了永恆之愛的年紀了，如果妳願意，這可是一輩子的事！如果妳認為可能，我，我最好就是對妳發誓，請求妳相信。妳看，我對妳發誓，相信我，我愛妳！

第二天，芳希雅坐在她聖馬丁郊區破舊房間的小床上。教

---

10 綿羊的腳（Le pied de mouton）。是一齣 1807 年的三幕劇，作者為馬太維爾（Alphonse Martainville, 1770-1830）和利比耶（Louis-Francois Ribie, 1758-1830）。劇中多有滑稽喜劇的效果，有地獄裡噴出的火焰、隆隆的雷聲和閃電、火神、獨眼巨人、美人魚、紅色月亮、精靈、一隻消耗了只剩一隻腳的綿羊等，內容為主人公古茲曼（Guzman）帶著這隻做為護身符的綿羊腳越過重重障礙去尋找女主角的愛情故事，富西班牙情調，為拿破崙第一帝國最受歡迎的戲劇之一。

1854 年劇作家蕭勒（Adolphe Choler, 1821-1899）與哥尼亞兄弟（Cogniard frères）合寫了另一部四幕劇《古茲曼不識障礙物》（Guzman ne connaît pas d’obstacles）。

區教堂的鐘聲敲響了九點鐘，她似躺非躺的不想去開窗子，也不想吃午飯。她早上五點鐘才回來，是瓦倫丹帶她回來的，她成功的讓人替她開了門而沒有被發現。德奧多根本沒有回來，所以她足足等了四個鐘頭，埋沉在一些含混模糊的幻想之中，一個全新的世界在她前面展了開來。

她感覺的既不是憂傷，也不是疲憊，她活在一種心醉神迷的狀態，無法說她是幸福呢，還僅僅是頭昏眼花。這個英俊的王子對她發誓說永遠要愛她，而且在她離開的時候，他還以一種確定的神情和語氣對她重覆著這句話，讓她禁不住的都相信了。一個王子！她記得相當清楚，要知道在俄國這個國家有這麼多的王子，這個頭銜沒有在我們這裏想像得這樣崇高尊貴。這些高加索地區出身的王子，他們所有的家當，有的時候就是一頂帳篷，一些漂亮的兵器，一匹好馬，一小群牲口和幾個僕役，他們一半是牧民，一半是盜匪。這且不說，可是在法國，王子的頭銜在巴黎女人的眼裏可是施著魔力的，以他叔父總共給他兩百路易而富有的慕薩金，和目前他所駐紮的比較高級的處所，對她來說已經沒有什麼地方能比得上了。這在想像中就是一個童話裏的王子，而且他是這麼的英俊！她並沒有想取悅於他，甚至還防著這樣做。她還曾下了決心，在去他家的時候，不要輕浮，而且她打算以更多的謹慎和真誠來保護自己。可是她能不能一直挺著撐到讓一個男人感到痛心呢，而這個男人是她要託付她和弟弟的一生的，或許還有她母親下一次的歸來呢？但是，如何不去冒犯那個會打她，又對她不忠的古茲曼先生呢？

她是哪裏來的這些內疚？這並不是說她對古茲曼會有一種立即的懼怕，他早上從來不會來的，他也不會知道她回來的那麼晚。只有門房看見了，但他恨這個理髮師，所以會保護她，因為他曾傷了他的自尊心。芳希雅極為重視自己的名譽，她的名譽！她的名聲可能已傳播到區內數以百計的人那裏了，這些人或因看過她，或因知道她的名字而曉得她。反正，沒有小的眼界，正如沒有小的國家一樣，人人都有他自己的價值和追求。她總是讓別人說她是個真誠的，不藏私心的，對她那些不怎麼起眼的情人忠心不二的人。她一點都不希望被看作是一個出賣自己的女孩，而且她在找一個方式好讓別人接受事實而不失去對她的敬重，但她的這些思考斷斷續續並不連貫，她腦中陶醉興奮的狀態驅散了她的懼怕。她又看見了那個英俊的王子，她伏在他的跟前，她第一次在生命中放任自己有了虛榮浮誇之心，而且以這個從未有過的醉意來追求一種她從來沒有感受過的熱烈的愛情。

德奧多總算回來了，這把芳希雅從沉思當中拉了出來。

——妳只穿這樣？他對她說，看到她穿了一條裙子和一件短上衣，頭髮還是鬆開的。到底是怎麼回事？

——那你呢？你早上九點才回來，我等你從……

——妳很清楚我被大街上的那些帖木兒抓了起來！妳難道沒有看到？

——一小時以後你就被放出來了！

——妳怎麼知道的！

——我知道！

——沒錯，我口袋裏還有古茲曼給的一點點錢……是不是應該慶祝一下？妳會不會不高興？

——聽好，德奧多，你不要再接受古茲曼的任何東西了，你應該有所準備。

——為什麼？……

——我不准你去……

——我不是不聽妳的話。他昨天給我的這個，是為了要請妳吃頓飯的，因為他自己不能來。那好吧！我還有二十個五分錢，我自己去花掉好了！難道不可以嗎？

——你要還給他！他為我們付房租，已經夠了，我存下來的一點，也不至於讓你光著屁股，兩手空空了。

——好一個存錢！妳把所有的首飾都賣掉了！現在妳還要和古茲曼在一起就真是笨了！我沒有說他是個漂亮的男人，他唱歌的時候很有趣，但他沒什麼錢，妳知道嗎？他只有妳一個人！總有一天，他會甩掉妳的，妳最好……

——什麼？最好怎麼樣？

——找個真心的好丈夫。古茲曼只是一個工人而已！我只知道在這區裏有一個人對妳有意思，如果妳要的話。

——你說話像小孩子一樣。我可以結婚嗎？

——因為——就像有一天古茲曼說的，我不再是個小孩了。我從來都不是小孩子，在巴黎街上，沒有一個小孩，五歲像二十五歲一樣大，所以對我講話可不要擺個冷淡討厭的臭臉。我們兩個從來沒有談過這個，因為談了也沒有什麼意思。妳要我不要再向古茲曼拿錢了，妳是對的，而我要告訴妳也不要再接受他的錢了。妳講的可好！我說妳必須離開他，找一個區公所裏面的職工。莫伊內老爹有個侄子，安端，在一個做馬口鐵的人那裏，也以此為業。他覺得妳合他的意。他也知道是什麼情況，他當著我的面對他伯父說過「這又有什麼關係，如果是別人，我還要考慮，但如果是她⋯⋯」莫伊內老爹回他說，「你對！如果她犯過什麼過，這是我的錯，我應該看她看緊一點，但我沒有時間，不過這也無所謂，她跟別人不一樣，她會堅持她所答應的事情」。妳看看，妳要答應啊！芳希雅！

——我說不要！不可能！安端，他是個好男孩，但實在是醜陋！像他這樣一個工人！他很老實，但髒兮兮的⋯⋯這來的太突然了⋯⋯不行！不可能！

——對啊，妳就是這樣！妳要的是一些聞起來很香的理髮師，或者一些王子！

芳希雅微微的顫抖，然後，鐵了心說：

——好！沒錯，我需要王子，而且我想要的時候就會有。

德奧多感到驚訝，一下子被她這幾句話幾乎沖昏了頭，他前一天所有驕傲的愛國之心，那晚在酒館裏使他激憤高昂的愛國心，一下子就煙消雲散了。他像已經熄滅的雙眼又張得圓睜睜的，擺了一個一派英雄主義的樣子，回答說：

——王子，那真好，只要不是外國人。

——我們不要再在這上面講了，芳希雅說。我們沒有時間浪費在吵架上面，我們必須要離開這裏。中午有人會來向我收費，要付積欠的房租。我會把我的還有你的衣物帶走。你一個人留下來告訴古茲曼「我姊姊走了，你再也看不到她了，我不知道她在哪裏，她把你送給她的藍色披肩和鋼製的飾物留下來還你……就是這樣。」

——就這樣就妥當啦？德奧多驚訝的說……那妳就把我丟下不管了？妳就會變成妳希望的樣子了？那好，妳走啦！我推妳走！

——你很清楚，不是這樣，德奧多，你知道我只有你一個人。這裏是四法郎，這是我今天所有的錢，但靠這些也就不用在外頭挨餓受凍了。明天或最遲後天，你會有我的消息，一封寄到莫伊內老爹家給你的信，你會知道我在哪裏，然後你再來。

——妳不願意告訴我哪裏？

——不要，這樣你可以不用扯謊的向古茲曼發誓說你不知道我在哪裏。

——那在這個區裏，要怎麼講呢？古茲曼會大吵大鬧的！……

——我想都想得到！你就說你不知道！

——妳聽好，芳芳[11]，小伙子扯了扯鬢角才長出的幾根鬍子說，這不可能！我知道妳會很愉快，妳也不願放棄我，但幸福是持續不了多久的。當以後我們想回到這個區的時候，我們就要換另外一個社交關係了。我呢，我要去和那些老實的工人在一起，不會受到太多的侵擾。大家會罵我什麼都不做，但還會對我說「要工作！你年紀到了。你不會永遠有你的姊姊！

[11] 芳芳（Fafa）。芳希雅的暱稱。

而你姊姊，她發不了財，但她要比發財好得多！……」

妳要聽好，芳芳？當大家再也看不到妳的時候，就會感到煩心，但是，如果大家看到我穿得好，口袋裡有錢的話，就會把我和那些他們看不起的人一起打發走，當然是這樣的！為什麼不會！……人必須要走入社會的。這個妳不接受，不會吧？妳的德奧多，他不是個什麼了不起的東西，但他比什麼都不是要好！

芳希雅用雙手掩著臉，潸潸淚下。社會生活第一次在她面前舖展了開來。在無法預期影響之下，她自己在意識上做了很大的努力，以擺脫掉一直到現在都受她輕視的弟弟。在不讓彼此知道的情況下，她弟弟卻也故意的擺出更受人瞧不起的樣子。

——你比我爭氣，她對他說。我們還是要把持我們的誠實，如果我們到了另外一個地方，我們不認識任何人在路過的時候向我們打招呼，我們能做什麼呢？我不應該和古茲曼待在一起，我不願意拿他任何東西。

——妳不愛他了？

——不愛，一點都不愛了。

——妳不能忍一忍嗎？

——不要，這樣要騙他。我不能這樣做！

——那好，不要騙他。告訴他已經結束了，妳想結婚了。

——這樣我會說謊，而且他也不會相信我。你想想他會怎麼做！我們想要得救的話這是會犯很多錯誤的。

——他已經不怎麼愛妳了！告訴他妳知道他的行徑，把他趕出去，我會幫妳。我是不怕，走，像他這樣的人我可以解決十個！

——他會叫那是在他家，是他付的房租，應該是他把我們趕出去才對！

——妳沒有什麼要付給他的，這混蛋租金，把他的錢甩在他臉上，怎麼樣！

——我有四法郎，我告訴你了。我從來沒收過他的錢，因為這會讓我反感。他每天供我吃飯，因為他和我們一起吃，早上，你跟我，我們就吃剩的。

——啊！多多[12]叫了出來，雙手握拳，我怎麼過去沒想過！我會得到一個身分的，真的，芳芳！不管什麼圓鍬十字鎬，我會苦幹的！必須要工作，不能這樣依靠別人！

——這個我跟你講過了！你知道在我們家白天有一些絨布背心要縫，我賺的不超過三十分錢的，這樣我沒辦法養你，也沒有辦法以此為生而不去乞討。那些愛慕我的人都來跟我說「不要做了吧，妳這麼漂亮，不要熬得這麼晚，而且妳會白幹的，這救不了妳。」我聽了他們的話，相信友誼能包容得下羞恥的，這就是我們！

——這必須要做個了結，多多叫著，這都是因為我妳才這樣！要把這個結束掉！我去找安端！他會支付這一切的，他會帶妳到一個地方去，妳要是不嫁給他就出不來！

安端很喜歡芳希雅，她是他的夢，他的理想。他什麼事都

---

12 多多（Dodo）。德奧多的暱稱。

會原諒她，他已準備好要來保護她，解救她。她知道得很清楚，他告訴過她，他是只能透過眼神和混亂的心情和她相會的。這是一個沒有文化的人，他只勉強會寫自己的名字，他滿嘴都是發誓，他如果不說發誓，他是一個字都說不出來的。他穿一件工作罩衫，兩個手掌很大，一直到手指尖都是黑黑的而且手毛很多。他一個禮拜刮一次鬍子，但對芳希雅來說似乎很可怕，一想到要成為他的人就會令她反感。

——你如果要我自殺，她叫著，像發狂一樣的對著窗子，你就去找這個男人啊！

但終究還是要拿個主意，所有的解決方式似乎都是不可能的，這時門鈴輕輕的響了。

——不要怕！德奧多對他姊姊講，這不會是古茲曼，他不會按的這麼輕。

他走去開門，是瓦倫丹先生。他帶來一封慕薩金的信，內容如下：

「既然妳是這樣的驚慌害怕，我親愛的小藍鵲，我已經找到了安排一切的辦法。瓦倫丹先生會告訴妳，相信他。」

——王子他找到了什麼辦法？芳希雅對著瓦倫丹說。

——王子什麼都沒有找到，瓦倫丹帶著高高在上的笑意回答。他對我講了妳的故事，而且讓我知道了妳的顧慮。我想了一個很簡單的安排，我去告訴妳在樓下咖啡店的房東，說妳母親已經從俄國回來了，妳要離開去邊界迎接她，而且她給妳帶錢來了。妳放心，但快一點，182 號車在聖馬丁門前，他有王子的地址，王子在等妳。

——對不起！芳希雅說，抓著她弟弟的手臂。你看王子這麼好，他救了我們的性命和我們的名節！

多多，這下子昏頭轉向的，就讓人給帶走了。他的精神狀態一下子還轉不過來做進一步的抗拒。他們避免從小酒館前走過，想到就這樣離開她的老朋友莫伊內，芳希雅的心就揪在一起，但他也可能強留她不讓她走。他們找到了馬車，把他們帶到了聖傑爾曼郊區，莫茲達接了他們，並讓他們爬上了慕薩金住的那個樓。在最高層有套小公寓，是瓦倫丹以每天多收一路易的行情租給王子的，從公寓能望見一大片土地，上面聚集了附近那些公館的花園，也包括了提耶夫赫公館的花園。

——對不起！多多逛了三個房間說，我們這下可真的像王子一樣了！

一個小時以後，瓦倫丹帶著一個箱子和一包東西來了，他把芳希雅和德奧多留在郊區公寓裏那些窮兮兮的日用衣物都給他們帶來了。

——所有的都安排好了，他對他們說。我付了你們的租金，你們不欠任何人什麼東西了。我會把那些你們要歸還給古茲曼・樂伯的東西給他送回去。我把我們套好的話告訴了你的朋友莫伊內。他並不太驚訝，他只顯得有點難過，你們沒有去向他道別。

兩個大大的淚珠從芳希雅的眼睛裏掉了下來。

——你們放心，瓦倫丹又說，他沒有責怪你們，我說都是因為我的關係。我告訴他你們要加緊腳步在一點鐘趕到史特拉斯堡[13]，為了不錯過馬車，你們一分鐘都不能浪費。他要了我的名字，我就隨便給他一個。我答應會給他你們的消息，我讓他放了心而且讓他覺得高興。

多多真是服了瓦倫丹，忍不住的兩手一拍，腳尖踮起來在原地轉了個圈子。

——這個年輕人高興了？瓦倫丹眨了眨眼說，現在必須要找他點麻煩，給他找份工作。王子希望大家不要看到他在附近到處遊蕩。我要送他到我的一個朋友那裏，他在巴黎郊外有一家運輸公司。他會不會寫字？

——不太會，芳希雅說。

——但他能讀嗎？

——可以，相當好，是我教他的。如果他願意的話，他什麼都能學！他並不笨！

——他要做一些託辦的事，慢慢的他開始要寫，這是他自我訓練的工作。我們越是訓練，我們得到的就越多。反正管吃管住，等他表現出真正的意願再說，而且還會給他幾件衣服穿。這就是地址，還有一封給老闆的信。至於妳，我親愛的孩子，妳可以自由的出去，但是，正如妳希望躲一躲，我太太會帶給你三餐，如果妳一個人嫌煩，她可以來打毛線陪著妳。她有她的腦筋和想法，她的社交往來是很愉快的。早上一早妳可

13 史特拉斯堡（Strasbourg）。法國東北部亞爾薩斯地區的首府，與德國接壤，歐洲議會所在地。有聯合國教科文遺產 11 世紀的聖母大教堂（Notre-Dame de Strasbourg）和小法國區（Petite France）。

以到花園透透氣，晚上也可以的。妳放心，妳什麼都不會缺，我隨時聽候差遣。

他有豐富的照料經驗，在解決了託付給他兩個孩子的生活後，瓦倫丹先生沒有對芳希雅說什麼話就離開了，芳希雅不敢問他什麼時候能再見到王子。

——這好！這下你可高興了？她對她弟弟說。你想工作……你會有一個身分的！

——當然，我當然想工作！他回答，以堅定的表情拍了一下腳。我很高興不欠別人任何東西了。這種情況持續了很久了。那麼，我走了，我拿一件白領子的，這樣穿起來比較稱頭，舉止該怎麼樣就怎麼樣吧，我會穿我的新皮鞋，因為有一些路要走。如果我需要別的東西，我會回來找的。再見了，芳芳，妳留在這裏幸幸福福的，我希望如此！……另外，我會回來看妳。

——你就這樣走了，馬上？芳希雅說。想到要一個人待在這裏，心就揪了起來。

她不太確定她弟弟的決心是否堅定。習慣於對弟弟做最大程度的看管，當他回來晚了，就對他大加訓斥，她是為了避免他成為絕對的放蕩。他現在沒有變成這樣，是不是就不再怕她的責罵了呢？

——妳要我在這裏怎麼辦呢？他難過地回答，這裏是很漂亮，甚至相當的奢華。我在這裏太舒服了，我會煩厭的，我會像一隻關在籠子裏的小鳥，我必須要跑一跑，放放風，看看不同的人！王子的一點都不適合我，我的則一點都不適合他。而且他是個外國人，一個同盟！妳不要再講了……，我已血脈賁張了。

——這是個敵人，我同意，芳希雅說，但是沒有他，你不會有我了，沒有他的話，我們沒有機會把母親找回來的。

——好！如果我們找到母親，情況就不一樣了，她如果不幸福的話，我們就工作養活她。我要去工作了！

——真的？

——我不是對妳說過了嘛！

——你不是常常都答應我！

——現在，說真的，必須如此，如果還沒有被瞧不起的話！

——好吧，你走！親親我！

——不要，小伙子說，把鴨舌帽壓到眼睛這麼低，心腸不能軟，這都是些無聊的事！

他果斷的走了出去，然後開始跑步，一直跑到街的盡頭，停了一下，就一陣陣啜泣了起來，然後繼續趕路一直到佛基哈[14]，也就是瓦倫丹先生把他推薦給那個老闆供他差遣的地方。

這邊芳希雅也在哭，但是她提起勇氣，想著：

——沒有這些，他可能還不準備規規矩矩的過日子，他也可能已經迷失了！如果上帝要他遵守諾言的話，我對我的所作

[14] 佛基哈（Vaugirard）。法國塞納省臨近巴黎的一個市鎮，已併入巴黎十五區，該區也以佛基哈為名。巴黎有佛基哈街（rue de Vaugirard），為巴黎最長的街道，達 4360 公尺。

所為就不會後悔的。

但她對讓弟弟去工作這個決定還是感到後悔，但她不願承認。她窮苦卑微的生活已然翻了過來。她永遠離開了她巴黎小小的角落，她在這老實人的生活圈裏受到的愛護比批評多，她所引起的關注比她低微的地位所應得的多。

一個十五歲的女孩，逃離了從俄國撤退的慘事和別列津納的災難，她的舉止表現出美麗、溫順、謙虛，而且自尊的不願求任何人，對她的弟弟也忠心負責，這不是一個隨便都碰得到的人，如果我們責備她有一些不正當的關係，可是在看到她不願意成為任何人的負擔的時候，我們都會原諒她的。

在對人的審判當中，自私總是會要求自己要得到的那部分，我們會拒絕一個要飯的女人，當她對你說：

——給我一個銅錢吧，這樣我就不必要去賣身了。

在某一點上人們是對的，因為很多人惡劣的利用了這個所謂對卑鄙墮落的反感。我們比較喜歡，有尊嚴的屈服，同時也不要求任何建議，也不抱怨命運注定的那份純真。

芳希雅在她後頭留下了她稱之為世界的一群人，而這世界就是她的世界。她獨自一人，為了所有的生計而有了一個許諾會愛她的外國人，為了所有的關係往來，而有了一個不認識的人，那個瓦倫丹，在他自命不凡的神色之下，藏有帶著面紗的奸巧，這引起她某種不信任感。她看著她漂亮的公寓，沒有想得太多是否幾天以後同盟國不會離開巴黎，而且如果慕薩金遺棄她，她會變成什麼樣子呢。這個預測德奧多早就想得比她多了。她打開包裹，把衣服放在衣櫃中排好，打扮一下自己，在桃花心木的穿衣鏡前看著自己，穿衣鏡像獅爪一樣的腳是金色黃銅做的。她欣賞著她英俊的王子為她張羅的算不上奢華，有著當代鑲飾的傢俱，打了許多波浪紋皺摺的柔軟細紋布古典風格的窗簾，玻璃底下有手繪風信子晶瑩雪白的花瓶，綴著橘色穗飾的藍色沙發，那小小的鐘擺是一個手指頭放在嘴唇上的愛神。她在眼底下又放了一些不大好看的小玩意兒，這是瓦倫丹從她家帶過來的，這些庸俗難看的小東西在她的新居裏倒成了破壞的汙點了。她站在窗邊欣賞漂亮的花園和那些大樹，但在想起她看慣了的那些醜陋的閣樓和黑色屋頂的時候，她就覺得花園有些淒涼。

她在窗子上找她早晚用來澆水的灰綠色壺罐。

——啊！老天，她說，這個瓦倫丹把壺罐留在那裏了！

她開始為了這一個從來沒有遺失過的東西而悲傷，其價值是不可估量的，因為它們代表了習慣，記憶，還有她再也找不回來的同情。

慕薩金在做什麼？當好心的瓦倫丹，為了他們的密秘關係，正張羅著以最好的條件來安頓他的情婦的時候。他正試著消除他叔父的疑慮。奧斯克伊在歌劇院又看見了提耶夫赫夫人豐頤豔麗的美貌，他在包廂裏向她致了意，她對他來說很有魅力。他真的醉心於她了，他決心不做任何保留的來取代他的侄子。慕薩金並沒有放棄那個美麗的法國女人，但他要表現出對他叔父的讓步，因為他是絕對依賴他的。

——昨天，他對他叔父說，你在歌劇院消費了我的失寵不幸。我美麗的女主人看都不看我一眼，為了讓我自己舒緩一點，我投身到一個最小的，但也是最容易的冒險當中。我在家裏弄了一個小女人，也不是什麼了不起的事，但她是個巴黎人，也就是說一個活潑吸引人、和氣善良、白白淨淨、有趣的巴黎人。你可要幫我守住這個秘密？我的好叔父。提耶夫赫夫人，是個還過得去的女人，要是她知道我這麼快的就去自求舒坦以避開她的嚴厲，那她就會太瞧不起我了。

——不要擔心，迪歐米屈，奧斯克伊回他，以一種讓慕薩金一聽就懂，打算會儘快出賣他的語氣。

這正是這個野蠻的，同時也是狡猾阿諛的王子所全部希望的。提耶夫赫夫人已經預先知道了，她知道了慕薩金樂意對她吐露的事情。芳希雅，照他講，是個可憐的女孩，相當的醜，他同情她，而且認為應該做她的支援，因為在一次騎兵的勤務中，他「不幸的輾壓了她的母親」。他讓她住在自己的房子裏，等著為她找份工作以便能夠賺一點錢。他是這麼毫不費力的安排和滔滔不絕的說著他這本傳奇故事，他是這樣有魅力，而且這樣若無其事的說他的謊，所以提耶赫夫人被他的真誠所感動，被他對她的信賴所討好，也承諾有興趣提供保護，而且她懂得，這個偶然，可帶來一個計策，就是在轉移叔父奧斯克伊的猜忌之下，還能有利於慕薩金對她的激情。

所以她現在順從了一開始讓她自己都感到氣憤的卑鄙和無恥：她是偷偷的被擊敗了。她自己不願承認，但卻又放任自己，帶著一種激動與懶散無力的交替作用，一直到確定她的失敗而沒有連累上王子為止。

至於他，這不是今後希望在一天之內就能戰勝她的。如果他把事情進行的太快的話，他害怕會遭到怨恨和驕傲之心的反撲。他給自己一個星期去說服她，他可以很有耐心的，他真的很喜歡芳希雅。

晚上，在她的小房間裏和她一起消夜，他開始完全愛上她了。他能夠去愛，就像其他的人一樣，以這完全自私的愛情，在沉醉當中盡情揮灑的愛情，除非在今後的一些困難當中熄滅的愛情。那是真的，在沉醉當中，他同時具有魅力、溫柔和熱情。可憐的芳希雅，在對他天真的坦白對孤獨的恐懼與悲傷之後，開始全心全意的愛他，而且要他原諒她，當她只應該感受到歸屬於他的那種歡樂的同時，還曾經後悔過一些事情。

——對，她對他說，一直到這天之前我從來不知道什麼是愛情。你看著我！這不是為了讓你高興而捏造出來的！

確實，她雙眼明亮深邃，她純潔而信賴別人的笑容，就像孩童的笑容一樣，表現了完全的真誠。慕薩金是非常敏銳而且善於猜疑的，所以他不會弄錯的。他自己感覺被愛了，他完全接受了這樣一個過去曾經是他的夢想的平凡用語，而這個用語現在卻成了罕有的真實。他忽然發現自己，他也是，感受到一種比歡愉更溫柔的東西。他擁有了一個靈魂，而且他吃驚的研究著這種小小的法國靈魂，這個靈魂對他說著一種新的語言，一種不完整而且模糊的語言，這種語言不使用世界上以女人形象去造的字，這種語言給人的啟發遠多過於用字的正確和優雅。

她睡了兩個小時，頭靠在他的肩膀上，但天一亮，她就醒過來像小鳥一樣的歌唱。她沒有不看太陽上升的習慣。她需要走走，需要出去，需要呼吸新鮮空氣。他們上了馬車，她帶他到羅馬城[15]，那是個快樂戀人約會的地方。樹林還是枯的。她撿起一些紫董花，綴滿了這個韃靼王子盤花鈕扣短大衣鼓起的胸膛，然後她再把花拿下來，照例的，以傳統方式，再放到自己心上。他們早餐吃了新鮮雞蛋，還有乳製品。她楚楚動人，也淘氣嘻鬧。她的快樂是親近人的，是含蓄的，毫不粗俗。他們聊了很多。俄國男人是很多話的，法國女人就吱吱喳喳、喋喋不休了。他很驚訝能和她聊的起來，她什麼都不知道，但就像巴黎所有不同條件的人一樣，透過生活的接觸和擴大，不斷的道聽塗說，所以她什麼也都知道。這與那些沒有權利說話，不再需要思考的民眾相比，是一個什麼樣的對照！巴黎是真理的廟堂，在這裏我們思想高遠，在這裏我們相互學習對任何事物進行思考。慕薩金感到嘆服，而且自問他是不是幾乎沒有抓住一個這樣的特例，但尤其當他看到芳希雅心胸善良的特質的時候，他願意相信了。關於他給她的一些課題，她總是而且很自然的以寬容大度、大公無私和同情憐憫的態度待之。這種特殊的差異，應歸之於在生活的另外一個面向當中，她所吃過的苦和她曾經看過別人所吃的苦。

——對了！回來的時候，在車上他對她說，妳難道沒有一種不好的想法，妳不想成為有錢人？妳沒有看不起犯過錯的人？妳完全的溫柔和氣，完全的簡單純樸，我可憐的孩子，如

[15] 羅馬城（Romainville）。巴黎東部市鎮，不久後將有巴黎第 11 號地鐵線通過。

果其他的法國女人也能像妳一樣，妳們就是世界上最好的人了。

他要服的勤務不多，他倒希望服一個最艱苦的勤務，以免在提耶夫赫公館出現。他覺得除了與芳希雅之外，他與其他任何人在一起都不會感到愉快的，他也不再關心任何其他女人。三天當中他只愛她一個人。三天當中，她是這樣的快樂，以至於把什麼其他的事都忘了，而且一點都不後悔。他是她的全部，她不相信這樣一個偉大的幸福不應該是永恆的。可是忽然間，她看不到幸福了，恐懼抓住了她。突然發生了一件大事，拿破崙雖然退了位，剛剛做了一個從楓丹白露指向巴黎的行動[16]，他還是有一些可供支配的武力，同盟國並不小心，正陶醉於如此輕易的征服當中。可是他們忘了，在巴黎的歡樂聲中，那些可充當自然防禦的高地並無人防守。皇帝已經迫近的通知，使同盟國對此劇烈的動盪快速增援，一些命令匆忙的下達，大家迅速拿起武器，巴黎害怕受到雙方交火的影響。

慕薩金上了馬，晚上沒有回來，第二天也沒有回來。

為了使芳希雅安心，瓦倫丹把發生的事告訴了她。對她來說，這種恐懼比他不忠的恐懼還要來得大，這是一種對他要去冒險的恐懼。她知道戰爭是什麼，她多次看到一小股法國人穿

---

[16] 1814 年第六次反法同盟擊敗拿破崙，3 月底進入巴黎，時拿破崙在楓丹白露（Fontainebleau），欲以其殘餘向巴黎進攻，以做困獸之鬥，但遭左右一致否決，以避免巴黎進一步遭到破壞。後法國簽楓丹白露條約，拿破崙退位，遭流放至地中海義大利之艾勒伯島（île d’Elbe）。

過大片的敵人，在一陣恐怖的殺戮之後，再合攏退了出來。

——他們會把他殺了！她叫著。他們會再拿下巴黎，而且他們不會放過任何俄國人的！

她搓著兩隻手，或許像是對著敵人有所祈求。晚上她弟弟走進她家的時候，她一直在焦慮當中。

——我來向妳說再見的，他對她說，事態嚴重了，芳芳，這次該我了！年紀一點都不重要。我們要把柵欄封起來，擋著那些敵人大老爺不讓他們進來，而且只要他們所有的人都出去，當另外一邊對他們的側翼開打，我們就在後面用石頭，圓鍬，鉗子，所有我們手上能拿的東西接著他們打。我們都會去郊區的，我們不需要命令，我們也不需要軍官，我們自己負責幹。

他這話說得很長，芳希雅，眼睛因為恐懼而睜得好大，雙手收縮在膝蓋上，什麼都沒有回答。她看到了死亡，兩個她最珍愛的人，弟弟和情人。

她試著留住德奧多，但他已經反了。

——妳要看我是個膽小鬼嗎？妳已經不記得妳常告訴我的話：你永遠不會是個男人的！好！那我在這裏，我就算一個。我離開是為了工作，但所有工作的人都要去打架，而且去打上一架，我和別人是一樣行的。幹這事的人不需要既高又壯的，那些最靈活的，我就算上一個，跳上哥薩克人的馬屁股，用他們的刀子插在他們的喉嚨裏。女人也是一樣，她們去撿一些石塊放在家裏，可以從窗子砸他們，他們要來，我們恭候！

芳希雅，一個人待在那裏，感覺她的腦袋一陣混亂。她下去花園，在大樹下散著步，不知道自己在哪裏。她不時幻想聽到了砲聲，但這只是腦袋裏的充血，在兩個耳朵裏發出的反響。巴黎是平靜的，所有的都會轉變成外交上的衝突，而且在經過最後一次薄弱的戰鬥後，拿破崙就會退到艾勒伯島去了。

忽然間芳希雅與一個高個子女人當面對著了，這個女人披著白色的披肩，在黃昏的暮色中溜了進來，停下看著她。她是提耶夫赫夫人，她認識這些地方，穿過了 S 夫人的花園，她的朋友不在。她來打聽慕薩金的情況，她也感到焦急和不安。她想知道他是不是回來了，她已經派馬丁來了兩次，因不再願意對他顯露出她的焦急，所以她自己來，藉著晚上的黑影，看看這棟樓是不是亮著。

看到一個女人單獨在花園裏，這個花園外人是穿不進來的，侯爵夫人並不懷疑這就是王子保護的那個年輕女孩，她就毫不猶豫的讓她停下，對她說：

——妳是，芳希雅小姐？

她沒有馬上回答，所以她又講：

——可能只有妳，不要怕跟我說話，我是王子的一個近親，我來向你們打聽有沒有他的消息。

芳希雅沒起任何疑心，說她沒有相關消息，也不經考慮的表示她痛苦的坐立不安，並且問在街壘柵欄那邊是不是打起來了。

——沒有，謝謝老天！侯爵夫人說，但可能在比較遠的地方有一些小的遭遇。妳不放心，我看得出來，妳非常依賴著王子？妳不要臉紅，我知道他為妳做的事情，而且我覺得，妳應該心存感激。

——所以他對妳談到我了！芳希雅說，顯得震驚的樣子。

——他必須要對我說，因為妳來我家和他談話了。我當然應該知道妳是誰啊！

——妳家？……啊！對了，妳一定是提耶夫赫侯爵夫人了。妳一定要寬恕我，夫人，我是希望……因為我母親……

——是啊，是啊，我都知道，我表兄把細節都告訴我了。好吧，妳那可憐的母親，已經沒有希望了，也就是因為……

——沒有希望？他對妳說沒有希望了？

——所以他沒有對妳說真話，對妳？

——他對我說他要寫信，我們或許可以找到她！啊！老天，所以他騙了我！

提耶夫赫夫人以一種讓這個年輕女孩感到害怕的口氣質問她，她低下頭，沒有答話，她料到了，這是個情敵。

——妳答話啊！侯爵夫人以更尖銳的口氣又說……他是不是妳的情人啊？是還是不是！

——可是，夫人，我不知道妳有什麼權利來這樣問我！

——我沒有任何權利，提耶夫赫夫人說，她重新掌握住自己，而且在聲音裏還加上了笑容。我關心妳，因為妳是不幸的，是種不尋常而且奇怪的不幸。妳母親被慕薩金那匹馬的馬蹄壓碎了，也剛好是他接受了妳並且收留了妳！這完全是一個傳奇故事，我的小東西，如果讓愛情捲了進來，我保證會有個新奇的結局，這是我萬萬沒有想到的！

芳希雅沒有講一句話，也聽不到她嘆口氣，她就像被蛇咬了一口似的逃走了，留下了提耶夫赫夫人，也被她的突然離開弄得頭昏眼花的。她回到她的房間，倒在地上，昏昏沉沉，精神譫妄失常的過了晚上，第二天她什麼都想不起來了。

朦朧當中，她爬回床上，睡著了而且做了幾個可怕的夢，她看見母親躺在雪地上，慕薩金那匹馬的腳嵌在她的頭顱裏，頭顱血淋淋的被馬帶著走，就像一個環狀物絆索在馬蹄上一樣。那已經碎裂的不成形了，但眼睛還看著芳希雅，而且那可怕的雙眼，忽而是她母親的，忽而又是德奧多的。

第三章

在這些可怕的夢當中，芳希雅大叫的醒了過來。大白天了。瓦倫丹太太聽到她的聲音，進來她家，想知道她緊張的原因，芳希雅勉強打起精神回答她，但她不願意相信這個女人，所以瓦倫丹太太就只有自己一個人講了。

——妳知道，我親愛的孩子，如果是因為妳害怕戰爭，那妳就錯了，已經沒有戰爭了。暴君[1]會被關到一個高塔裏，那裏還準備了一個鐵籠子。我們的好同盟國正在抓這個人，妳親愛的王子不會受到一點小傷的，昨天晚上算命的紙牌都告訴我了。噢！妳很愛他，這個英俊的王子！這我懂。從他的表現來看，他也愛妳。瓦倫丹先生昨天告訴我，這很特別，這些俄國人居然對我們這些法國小姑娘會產生愛情！這一點都不像我們前一個主人新奇花俏的小玩意兒，他叫人整理公寓，就是妳這間，並不聲不響的搬來他心愛的小東西。好了！他把那些東西像領帶一樣的換來換去，他真正喜歡的很少，很少，所以有時候他就會忘記把一件先收起來，再拿一件新的出來。這樣一來，就有好戲上演了，甚至會打架的，反正總有一些好笑的事。不過王子可沒有那麼進步，他是個簡單的人，如果妳有意纏住他的話，他是個會娶妳的人。妳不相信？她看芳希雅打著

[1] 指拿破崙。

哆嗦，又講，啊！當然啦，這也不是全然如此，但我們是看過這類事的。反正一切都看我們的想法，我看妳也不笨！妳神態出眾，而且妳的舉止……就像一位真正的小姐。可是就妳來說，對一個理髮師言聽計從是何其的不幸！如果不是如此，什麼都是可能的。妳會跟我說，很多人發了財也沒有嫁人，這倒也是真的。王子走了，妳或許還可以再找一個一樣條件的人。能夠受到一個王子的愛戀是非常好的事，這可以忘記過去，這也可讓妳再成為男人們意見的對象。妳可不要苦惱的想不開，瓦倫丹先生認識這美麗的世界，如果妳願意相信他，他可以給妳一些好的建議和關係。

瓦倫丹太太比她謹慎的丈夫所規範她的還要來的多話。芳希雅不想聽她講，但即便如此，她還是聽得到的，那種看到自己接受這種人的保護和建議的羞愧感，更讓她覺得她的情況之可怕。

——我想走！她叫著從床上下來，試著急忙穿衣服，我不應該待在這裏！

瓦倫丹太太認為她犯了精神失常，讓她再躺下來。這並不難，因為她沒有力氣，而且她的雙頰是死亡的蒼白。瓦倫丹太太叫她丈夫去找個醫生。瓦倫丹帶來了一個外科大夫，他因曾經受他照料一處腿上的傷口而認識他，可是從他自己都傷殘以後，就不再屬於軍隊了，他自己行醫。這是一個賴赫的老學生和交心的朋友。他有和他老師一樣的善良和純樸，甚至他長得也有點像他，所以他很滿意自己這個情況。除了長得像以外，他又複製了他的衣服和他的髮型，像他一樣，他留相當長的黑色頭髮蓋住他的衣領，另外也像他一樣，有著蒼白的面孔，光禿的額頭，炯炯有神但溫柔的眼睛。芳希雅一開始搞錯了，因為她的記憶還是這樣的清楚，看到了他在她旁邊，雙手握在一起喊了出來：

——啊！賴赫先生，我在那裏常常看到你！

——在哪裏？醫生傅赫回答她，芳希雅的錯認深深感動了他。

——在俄國！

——那不是我，孩子，我不在那裏，但我的心在那裏和他在一起！好吧，妳有什麼不舒服？

——沒有什麼，先生，沒事，是傷心。我做了一些夢，然後感到虛弱，但我一點事都沒有，我想離開這裏。

——妳看看，醫生，瓦倫丹太太說，她語無倫次了，這裏是她家，她在家裏很好的。

——妳讓我一個人和她在一起，醫生說。你們看起來把她嚇著了，我不需要妳來告訴我她有沒有精神錯亂。

瓦倫丹太太走了出去。

——醫生先生，芳希雅掩飾著她激動的生氣，你一定要幫我回我們家！這裏我住的是一個男人的家，這個人殺了我的母親！

醫生輕輕皺了皺眉頭，這個年輕女孩的奇怪表白非常像精神錯亂的發作。他為她把了脈，她有點發燒，但沒有高到令人擔心的地步。他給她喝了一點水，並讓她保持一陣子安靜，並且觀察她。然後依序，清楚、親切的問她問題。他對於她能清晰，誠懇的回答問題感到非常吃驚。十分鐘以後，他知道了芳希雅生活的全部，對她的情況有了準確的了解。

——我可憐的孩子，醫生說，我覺得這個俄國王子並不一定是妳母親的兇手。妳可能被一個情敵所騙了，為了讓妳受苦，或切斷妳與她情人的關係，我可是相信一句諺語，「沒有把握，就少開口！」妳看起來很好，幾個小時以後，今天晚上就可以放心的出去，離開這裏。

芳希雅做了一個焦慮的手勢。

——妳沒有事，我知道，醫生說，妳不願再從王子那邊接受任何東西了。我呢，我並不富有，甚至還有點窮，但我認識一些好心的人，即便不知道妳的名字和妳的故事，都能給我一些足夠的協助，可以讓妳住到別的地方去。當然囉！以後妳自己還是要試著工作的！

——但是，先生，我是在工作！你看，我幹的活在這裏，我還有幾件沒有做完，要等著送走。

——對，醫生說，就是一些法蘭絨背心嘛！我知道這能帶給妳多少，這不夠的，妳必須要去一些收容所，或一些公共機構，到床單襯衣的洗衣部做一些薪水固定的工作。我會照應妳。如果妳勇敢一點，乖一點，妳就可以正正當當的走出來，要不然，我提醒妳，我會放棄妳的。我看目前妳有許多好的願望，我會讓妳有好的結果的。現在既然妳找到了修補過錯的辦法，就盡量去睡一個小時的覺，起來以後，輕輕的穿上衣服，我來接妳到妳自己願意選擇的臨時住處，我最多需要兩到三天就能把妳安頓好。

芳希雅吻了吻他的手就離開他了。她是這麼急的要走，所以覺都不能睡。她起來以後，成功的擺脫了瓦倫丹太太的糾纏，把門關起來，開始收拾箱子，相信隨時會聽到這個好心醫生的回來，他一定會付出他的良心，做一次施捨，而她已不會為這個施捨而感到不好意思了。

兩點鐘，她聽到有人敲門，她跑去開門，與慕薩金撞個滿懷，他抓住她像個獵物一樣，滿滿的吻她。

——放開我！放開我！她掙扎著叫著，我恨你，我討厭你！放開我，你的雙手還有臉上都有我母親的鮮血，我討厭你！不要碰我，要不然我會殺了你！

——她逃到房間的最裏面，像發瘋一樣的找她那把早餐切麵包的刀子。瓦倫丹，聽到叫聲就上來了。

——王子，他說，不要靠近她，這是腦充血。我已經跟你講的很清楚了，從今天早上開始，她就失去理智了。我聽到她對醫生說她不願待在一個人的家裏，而這個人殺了她的母親，我想問問你……

——你給我滾！你讓我安靜點，王子說著把瓦倫丹攆了出去，和芳希雅一起把房門關上。

然後他對她走過去，打開自己的鈕扣上衣，對著她拿出一把匕首。

——妳就殺了我，如果妳相信這些事，他對她說。妳知道，這非常容易！我不會阻止妳的，妳恨我的話，我寧願去死，但妳要先告訴我，是誰對妳說的這個既卑鄙又愚蠢的謊話？

——是她！你的情人！

——除了妳，我沒有別的情人。

——提耶夫赫侯爵夫人，你所謂的表妹！

——她不大算得上是我的表妹，絕對不是我的情人。

——但她會是的！

——不是，如果妳愛我！我第一天是有一點喜歡她，第二天，我看到了妳，第三天，我就愛上妳了，除了妳以外，我沒有辦法再愛別人了。

——為什麼她說你殺了……

——為了讓妳遠離我，她或許受了刺激，人又忌妒，我怎麼曉得？她騙人，她改編了妳那些許多不幸的故事，那天妳在她家對我說的，我必須要說給她聽。但我可以，以我的這份愛情和妳的那份愛心，對妳發誓，我當時不在妳受傷和妳母親丟掉性命的那個現場！

——所以她死了！你知道這事，但你騙了我？

——當妳還抱有希望的時候，我應該把死亡這件事放進你的靈魂裏嗎？而且我們是不是也沒有絕對確定這件事呢？莫茲達看到妳母親倒了下來，但他不知道，也無從知道她是否又活著站了起來，就像妳在戰鬥後的情況一樣。我已寫了信，所有的情況我們都會知道的。我從來沒有要妳去指望有好的結果，但妳應該知道，我既然救了妳，所以我是很講人道的！

芳希雅感覺到她自己的激動和怒氣減弱了。

——反正都一樣，她說，我想走了，醫生說「沒有把握的事就不要做！」

——什麼醫生？妳在跟我說哪個笨蛋驢子？妳是不是瘋了，對什麼人交了心？

——沒錯，芳希雅說，我都告訴一個很有勇氣的先生了，一個賴赫醫師的朋友，是瓦倫丹太太帶來的，他還要來找我。

在慕薩金一堆問題的催促之下，她就講了與傅赫先生的對話。

——妳相信，王子叫著說，我會讓妳帶著區裏那些善心人士的施捨離開嗎？妳是這樣的自尊，妳會淪落到做乞丐的處境嗎？不要這樣！這是一張鈔票，我放在蠟燭下面，當妳想走的時候，妳就可以走了而不欠任何人，妳無需問我，一聲招呼都不用打。所以妳什麼都不在乎了，只想要砸碎我的心。如果妳要走，妳就走啊，馬上走！這個苦我不會受很久的，妳走！如果戰爭再度開打的話，我在第一次戰鬥中就會陣亡了，生命不足惜。我會想，在我整個生命當中，我曾經幸福過三天，這個幸福是如此的偉大，如此的珍貴又如此的完整，可當作是一個世紀的幸福的。

慕薩金以這麼清楚的自信說話，芳希雅倒在他懷裏哭了。

——不！她說，這不可能，一個這麼善良，這麼寬宏大度的男人會去殺一個女人！這個侯爵夫人騙了我！啊！何其殘忍！但願她沒有對你說了什麼對我不利的話，好讓你恨我，就像剛剛我恨你一樣！

——不要把這放在眼裏，王子說。

慕薩金看不起提耶夫赫夫人，就像他在對侯爵夫人談起她的時候也看不起她一樣，他發誓說她個子太大了，太胖了，頭髮太黃了，他受不了這種弗萊芒[2]的體質，沒有魅力，也缺乏熱情。其實他根本不了解，但他會把如何能達到目的話都說出來。

善良的芳希雅並不記仇，但是女人總是喜歡聽到情敵遭貶的話。男人對這很清楚，一個嘲諷比一句誓言經常更能為自己辯解，慕薩金兩個人都不會錯過的，而且或許能讓別人相信他說的是實話。

——看看妳，當他成功的使她露出一個微笑的時候，他對他的女朋友說，妳一個人感覺很煩，有一些負面的想法，我不願意妳生病，妳去把衣服穿好，我們坐車出去。我在香榭大道上看到一些小店，我們可以像在鄉下一樣的在那邊吃些東西。我們再去一間愉快的房間一起吃個晚飯，然後晚上我們去散步走走。或者妳想去看表演？在一個樓下的小包廂裏，那裏沒有任何人看得到妳？瓦倫丹會跟著我們一起。我們可以想辦法不要讓別人看到妳在一個穿制服的外國人的臂膀裏，因為妳怕落到一個背叛祖國的境地！只要像過去有一天，我看到妳對我微笑，我們就去妳願意去的地方，我們就去做妳願意做的事。我向妳獻出我的性命，只為博君一笑！

在她換衣服的時候，有人帶來了一些箱子，她可以選一些飾帶，圍巾，面紗，帽子和手套，她半是慚愧，半是高興的接受了。她已準備好，打扮好了，很高興，也很感動。可是當醫生又出現的時候，她的臉色又變白了，王子以一種帶著開玩笑

2 弗萊芒（flamand）。比利時北部。

的禮貌迎接傅赫先生。

——你的小病人已經好了，他對他說，她知道我沒有謀殺她家任何一個人。我們要出去，請你告訴我，醫生，這兩次的出診我該給你多少費用。

——我不是來要錢的，傅赫先生回答，我有帶錢來，我以為是要做一件善事的。

但是既然，我上了我自己過於單純的當，照我的習慣，我就會把施捨的財物帶走，再去找個更好的地方。

他聳聳肩的走了，丟給羞愧的芳希雅一個瞧不起她的嘲諷眼神，這就像一把利劍一下刺進了她的心底。她用雙手掩住頭，被一種到現在都沒有人給過她的侮辱所擊垮了。

——看看妳，王子對她說，當我盡我所能的要讓妳得到排遣，讓你高興的時候，妳跟我在一起真是愉快不起來了！妳是不是覺得生病了？要不要躺下來再睡一會兒？

——不要！她叫著，抓著他的手臂，你在那個女士家你會笑我的！

——妳還在吃醋啊？

——是的，我是忌妒，即便有所有你告訴我的這些，我還是忌妒！啊！對的，我受了很多的苦，我無恥的愛上一個我的國家的敵人！我知道為此我應開受到所有忠厚的人的鄙視。什麼都不要說了，走，這個你自己很清楚，而且也許你在心底也瞧不起我。你的國家的女人或許也不會委身於一個法國軍人的。但我挺得住這份羞愧之心，只要你愛我，因為這件事對我來說就是全部，只是一定要愛我就對了！如果你騙我！……

她溶化在眼淚中了。王子看見這麼弱的一個人有著這樣的感情能量，也受到了感動。

——對了，他對她說，拿起那支她丟在桌上的波斯匕首，我給妳這件精巧玲瓏的東西，妳要知道，這可是件珠寶！裝飾著精細的寶石，而且它還夠小可以藏在手帕或手套裏。這不會比一把扇子還來的不便，但這可是件殺人的玩意兒，而且在我剛才送妳的時候，我就很清楚它能要我的命的。留著它，如果妳認為我不忠的時候，妳就捅我的心！

他把目前所想的說了出來，他不喜歡侯爵夫人，甚至討厭她。他很高興不再在乎她的人了，按他的說法，是她已經長時間的拒絕他了。

芳希雅，放下心了，仔細看著匕首，覺得很漂亮，消遣著擁有這樣一件特別又精緻的東西。但她還是還給他了，不知道怎麼處理它，想到要用它對付他就微微發抖。她準備好要出去了，慕薩金帶著她走，安撫著她讓她忘掉傷痕，把她呵護的像一個生病的孩子一樣。他們去香榭大道吃晚飯，然後他問她比較喜歡哪家戲院。她感覺很虛弱，她幾乎沒有吃東西，而且不時的還會發抖。他建議她回去算了。她見他打算在巴黎車來人往的喧囂中做些排遣，他晚飯還大吃了一頓，酒也喝了很多，她怕破壞他的興致，所以同意休息一下，並且依了他的希望。他顯然想去費都[3]聽那些流行歌手，喜歌劇院[4]是大家愛去的地

[3] 費都（Feydeau）費都劇院（Feydeau Theatre）。1789 年由後來的路易十八贊助。原址設於後遭焚毀的杜樂麗宮。1791 年設於費多街（rue Feydeau），表演義大利歌劇、法國戲劇、雜耍及交響樂等。1801 年與

方，一般要勝過大歌劇院[5]。這是一座高雅的劇院，一面聽著音樂，一面用小望遠鏡看看巴黎漂亮的女人，慕薩金不會不滿意的。他預先叫瓦倫丹去租好一個一樓的包廂，當他們到的時候，這號忠心耿耿的人物已經拿著票在寬廣的前廳恭候了。芳希雅拉下她的面紗，挽著瓦倫丹的手臂，走到包廂內坐定，沒有多久王子就來與她會合。

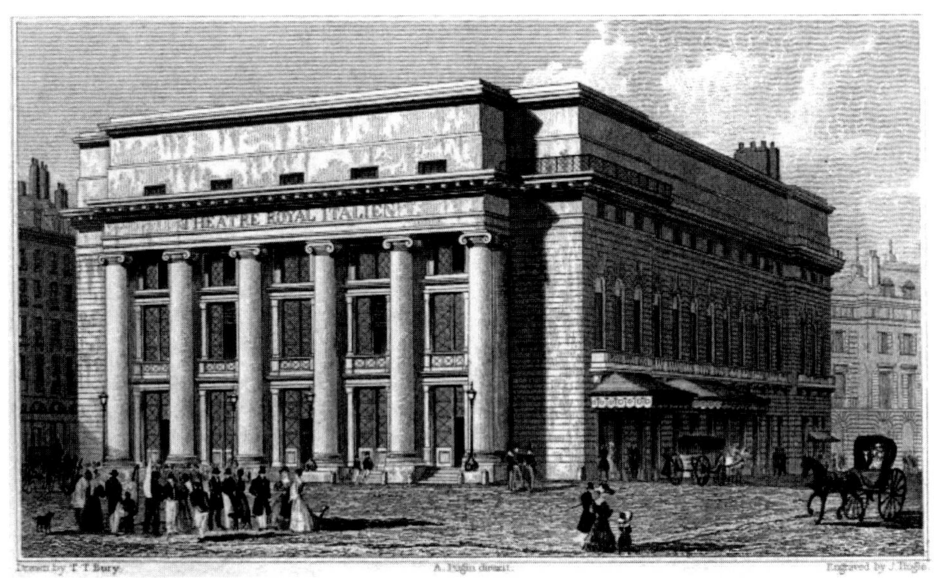

圖 29　喜歌劇院

喜劇歌劇院（Opéra-Comique）合併，而以後者之名為名。

4 喜歌劇院（Opéra-Comique）。成立於 1714 年，1762 年與義大利劇院（Comédie-Italienne）合併，故也稱義大利劇院（Theatre-Italien）。今日該劇院名為國家喜歌劇院（Théâtre national de l'Opéra-Comique），位於巴黎第二區。（圖 29）

5 大歌劇院（grand Opéra）。同第二章注 2。

當她和他面對面的在這個昏暗的小巢穴裏，她坐的是第二號位置，沒有人會看得到她，她也就放心了。在把眼睛投向公眾的時候，也沒有一個人是她認識的。她笑她自己怕在這裏被發現，所以她再一次的把一切都忘得一乾二淨，只為了在一家劇院裏，在打扮好的、心醉神迷的人群中間，在藝術的巴黎生氣蓬勃、熱情的氣息中間，單獨而且隱身的感受與她情人在一起的快樂。

這是一種安全感和一種在歡樂中不會受罰的感覺，芳希雅在流動表演的後臺長大，熱愛戲劇。古茲曼帶她來過幾次，曾經讓她極感興奮。她尤其喜歡舞蹈，雖然她母親在教她一些基本課程的時候，常常折騰她，讓她受傷和挨打。

那個時候，她的確討厭舞蹈藝術，但從她不再是順服的受害者之後，這種藝術在她的記憶裏又變得有魅力了，這個藝術又連結上了她母親留給她的東西，她很自豪對這也懂得一些，而且能欣賞某些咪咪蘇絲教給她的舞步。她相信上演的是雅麗娜，戈貢地的皇后[6]。就算記錯了，也沒有關係。有一段芭雷，芳希雅若飢若渴的盯著看，雖然費都的舞者是二流的，可是她可醉心到忘了她自己還有一點發燒呢。她也忘了不願意別人看見她和外國人在一起的事，她人向前傾，自然的抓住慕薩金的手臂，拉著他也向前傾，來分享她不願意沒有他的快樂。

忽然她看到在她底下有一個頭髮短捲的腦袋，那淡紅色的

[6] 雅麗娜，戈貢地的皇后（Aline, reine de Galconde）。三幕芭蕾歌劇，作者為色丹納（Michel-Jean Sedaine, 1719-1797），1766 年首演。

頭髮讓她直打哆嗦。她縮了回來，然後冒個險再看一次，這次她記了下來，是一隻長滿汗毛的大手，不時摸著像牛一樣紅通通的，滿是汗水的脖子。一個她分辨得出的輪廓向她轉了過來，但圓圓而遲鈍的眼睛顯然沒有看到她。更令人難以置信的是，這是馬口鐵匠安端，莫伊內老爹的侄子，德奧多建議她下嫁的情人。

她有點怕，這確是他嗎？他來劇院做什麼？他一點都看不懂，而且對於這樣一個高級奢華的活動來說，他這個人是不是太規矩方正了？一幕結束，當她再冒個險看看的時候，他不見了，她希望他不會回來了，或者她根本就是被一個長得像的人給騙了。安端因為他的平凡而有一張我們稱之為典型的臉，今天在他那個階級當中，我們再也碰不到像他這樣的人了。人們在更多個人才能的表現下都有特殊化的傾向。在這個時代，一個巴黎的工人經常也就是一個幾乎完全沒有教養的農民而已，如果有什麼能說明安端的特徵的話，那就是他一點都不文雅的。

慕薩金出去找一些橘子和糖果。芳希雅起初就待在包廂裏，但她覺得無聊，看見大廳一半是空的，正廳也一個人都沒有，所以她就向前走走，也可以高興的看看布景。這個時候，她和安端溫柔的眼神和害羞的微笑面對面了，他回來了，他可是完全認出她了。他太單純了，和她說話不會不得體的，相反的，他還認為如果不對她說話，才是很沒有禮貌的。

——怎麼樣呀，芳希雅小姐，他說，是妳啊？我以為妳在很遠的地方呢！所以妳回來了？那麼妳母親……

——我在路上碰到她了，芳希雅以一個不會說謊的人神經質般的活潑回答他。

——那好，那好！妳們是一起回來的？多多呢，他也回來了嗎？

——回來了，他跟我在一起，他剛剛出去，芳希雅說，她已經不知道自己在講什麼了。

——很好，很好！安端笨拙的說。現在，你們都很高興了，妳也幸福了，因為妳穿的……穿的很好，很漂亮！身體好嗎？

——好，好，安端，謝謝！

——那母親呢？她一定在那裏，在旅行途中發了財了吧？

安端大聲嘆了一口氣，來掩飾他的難過。

芳希雅懂得這聲嘆氣，安端自己認為沒有辦法指望牽她的手了。她就抓住這個方法給他挫折，好讓他死了心。

——是這樣子的，我的好安端，她又說，母親發了財，我們明天就走，到國外去，那裏她也有一些財產。

——明天！你們明天就走！妳難道不要來對我伯父說再見，他是這麼喜歡妳？

——我會去的，當然，但你不要告訴他說你看到我了，他如果知道我去看表演而沒有先跑去抱抱親親他，他一定會很難過的。

——我什麼都不會說。好吧！再見啦，芳希雅小姐，明天妳會不會來我伯父家？我很想知道時間，也能向妳道別。

——我不知道時間，安端，我不能決定時間……我現在就向你道別了。

——我希望看看妳母親。她會不會回妳的包廂？

——我不知道！芳希雅有點擔心而且不耐煩的說。你要看她做什麼？你又不認識她！

——那是真的！再說我也不能留下來。天已經晚了，明天天一亮我就得起來！

——而且你對這表演也沒什麼太多的興趣？

——這是真的，我一點興趣都沒有，那些歌拖得太長了，而且老是重複一樣的東西。我曾經給劇院帶來劇院訂的幾件反射鏡，因為我沒有要小費，他們就在後臺對我說「你要不要一個站的位子，就在正廳近來的地方？」後來我找到一個坐的位子。表演我看了，實在是受夠了，但既然妳有錢……意思是說，既然妳要來……

——是，是，安端，我會去看你伯父的，再見了！多保重！

安端又嘆了口氣，走了，但當他穿過走廊的時候，他看見英俊的俄國王子親切的走進芳希雅的包廂，他的思想中出現一點微弱的光，慢慢的抓住了這些事情的意思。她不知道他是不是一個人能弄得清楚問題，但是這捲毛狗的本能讓他忘記他應該要走了，他留了下來在劇院寬廣的前廳下閒晃溜達。

芳希雅不敢告訴王子剛剛那個攪亂了她而且讓她深感難過的相遇，如果安端對她的愛戀只給她帶來恐懼感的話，他對她的信賴和尊敬還是相當受到感動的。

——他相信那些不可能相信的事情，她想，這不僅是因為他比較簡單，而是他高估了我實際的價值！

另外，那個老朋友，裝了木頭假腿的小酒館老闆，她走的時候沒有去吻他道別。她沒有勇氣騙他，他會每天等她一直到對等待感到厭惡的時候，他就會對她宣告所有忘恩負義的人都應該抓起來。

慕薩金給她帶來了糖果零食，她開始壓抑著眼淚一點點的吃。布幕再度升起。她試著再讓自己輕鬆一下，但她覺得眼花，在心裏和頭上有一種陣陣的疼痛感，她怕自己會昏倒，她遮掩不住自己的不舒服。

——我們回去！慕薩金對她說。

她不想不讓他把整部劇看完。她希望有個五分鐘的新鮮空氣讓自己得到復原，他就帶她到休息室的陽臺上，她把面紗摘下來透透氣，不久她又恢復了愉快和自信，當鐘聲提醒他們的時候，她就和他轉回包廂，但沒有想到要把臉遮起來。

帶她進來之後，當慕薩金要坐到她旁邊的時候，一隻手拍了他的肩膀，用力把他轉了過來。是叔父奧斯克伊，他把他拉到走廊上，笑著對他說：

——你跟你的小女人在這兒，我看到她了，我好奇的想看看她是不是真的漂亮。

——不，我的叔父，她不漂亮，慕薩金已氣得發抖了，低聲回答他。

——我要進去包廂裏面，你給我打開！照我的話做！伯爵冷冷的又說，他受不了別人的回嘴。

慕薩金在拚搏，就像在對專制權力進行鬥爭一樣。

——不要，親愛的叔父，他假裝高興的說，而這個高興是別人遠遠感受不到的。我求求你，不要看她，你是一個太強的對手了，你和那個美麗的侯爵夫人讓我吃足了苦頭，你就把這個巴黎的小樣品讓給我，她真的配不上你。

——如果你說真話，伯爵平靜的說，你什麼都不用怕。去！把門打開，我跟你說，要不然我自己去開門。

慕薩金試著去服從他，但他不能這樣做，他感覺全身麻痺像癱瘓了一樣。奧斯克伊打開了包廂，而且讓門開著，可以讓走廊的光線照進來，他很仔細的看了芳希雅，她嚇一跳的轉過身來。不一會兒，他回過來對他的侄子說：

——你騙我，迪歐米屈，她漂亮的跟天使一樣，我現在想知道她有沒有智慧。你上去給提耶夫赫先生和夫人打個招呼。

——上面？提耶夫赫夫人在這裏？

——沒錯，而且她知道你在。我已經看到你了，我也告訴她你打算去向她致意。去！去啊！你聽到了沒有？她的包廂就在你的包廂上面。

奧斯克伊以主人的口氣說話，儘管語調溫和但帶著嘲諷，迪歐米屈很清楚他這些語氣何所指。他任他單獨和他的情人在一起，在整個諾大的劇院中，她會碰上什麼危險？然而一個野蠻的想法突然進到他的思慮當中。

——我服從你，他回答，但允許我告訴我的女朋友你是誰，這樣她就不會怕和一個不認識的人在一起，那麼如果她有這份榮幸讓你來問她話，她也才敢回你的話的。

還沒等答覆，他很快的就進去，告訴芳希雅：

——我等一下回來，這是我叔父，是一個大人物，承他願意，來坐我的位子……妳要尊敬他。

才說完這幾句伯爵已經聽到的話，他就把那支帶在身上的波斯匕首，靈巧的偷偷塞給芳希雅，交到她手裏，並且還以別有用意的方式要她緊緊的握著。他的身體擋住了奧斯克伊的視線，讓他看不到這神秘的動作，這些芳希雅一點都不懂，但一個發自本能的服從已讓她做好了準備。奧斯克伊雖然輕輕的推他，但像是一種岩石自我滑落至柵欄的不可抗拒的慣性力量，他猶豫著退了出去。迪歐米屈要把位子讓出來，上去到提耶夫赫夫人的包廂，他的叔父沒有再說什麼，把號碼丟給了他，關上了芳希雅包廂的門。

侯爵夫人很冷淡的迎接他，因為他對她太過公開的輕忽，所以她很看不起他，甚至恨他。她幾乎沒有和他打招呼，而且很快的把身體轉向了戲劇表演，就好像她對最後一幕抱著很大興趣的樣子。

慕薩金要下來了，等不及要制止他叔父和芳希雅面對面的在一起，但侯爵把他攔住了。

——等一下，親愛的表兄，他對他說，你留在提耶夫赫夫人的身邊，為了一些最重要的原因，我必須去參加一個政治集會。奧斯克伊伯爵答應我會帶侯爵夫人回家的，他有車，我則必須坐我自己的車。他會再來的，不會有問題，請不要離開提耶夫赫夫人，一直到伯爵在這兒向她獻上他的手臂。

沒有讓慕薩金做任何的猶豫，提耶夫赫先生出去了。慕薩金直挺挺的待在這個美麗花神的後面，她則擺出一副對他不會比給一個僕人的存在更多關注的樣子，而他想到他叔父對他玩弄的惡作劇，就氣得鬍子都豎了起來。他不是不擔心這種冷酷無情，故作玄虛的結果。不久之後，他看到女引座員小心翼翼的半開著包廂，向他遞進來一張他叔父的名片，名片的背面他看到了幾個鉛筆寫的字「告訴侯爵夫人，沒有料到從聖佛羅倫丹街來個命令，剝奪了我帶她回去的歡喜，逼迫我把她旁邊取代我的榮幸留給你。你在底下會找到我的人和我的車。我坐出租馬車，而且我把小女人讓給你的管家瓦倫丹先生照料，他會把她帶回家。」

——好，慕薩金想，既然她已擺脫了他，也就是吃一點小小的虧罷了！如果她看到我與侯爵夫人出去，她會吃醋的。但這個女人對我這麼壞，看都不多看我幾眼，甚至不會同意讓我陪她的。

表演結束。他把提耶夫赫夫人的披肩交給她，她出去要披上的。

——奧斯克伊伯爵在哪裏？她冷冷的問他。

他對她解釋護駕已經換人了，而且把手臂交給了她。她抓住手臂沒有回答一句話，而且看她生氣的樣子，他對上車待在她旁邊也感到猶豫，但她以命令的口吻對他說：

——你上來啊！你這樣會讓我感冒的。

他坐在前面的凳子上，她從右到左做了一個動作，這樣就不用和他面對面了，而且可以和他儘量的遠一點。

他倒一點都不生氣，他是真愛芳希雅，他一心只想到她。他在出口處找她，但沒有看到，也沒有看到瓦倫丹。但事情是不是就這樣簡單呢？樓下觀眾出場的比頭等座的人快。不過有一事讓他起伏不定，就是他女朋友的擔憂與醋意。他一點都不懷疑，為了來個完美的報復，奧斯克伊在離開她的時候，會對她說「我侄子要送一位美麗的女士，不要等他了。」但是迪歐米屈指望瓦倫丹的口才來安撫她，要她耐住性子。另外，她乘的是出租馬車，這輛奧斯克伊租來的車子跑得非常快，所以一定不能錯過，要和芳希雅同時回到他們的小樓才可以。

當他想到這些的時候，他也思考了一下美麗的侯爵夫人。對於她，他也有些過錯，她對他大發脾氣，那他應不應該阿諛曲膝的接受他的失敗，和他叔父安排給他的屈辱呢？毫無疑問的，奧斯克伊並沒有告訴侯爵夫人他撞見他英俊的侄子與什麼人有交往，而且他也不打算永遠攪亂他們在一起的關係，以報對她無法寄予任何希望之仇。慕薩金明智的想，為什麼侯爵夫人裝著看不起他，卻又在車內叫他而不是禁止他上車呢？這輛車真的不是她那輛，她可以害怕半夜待在一個車廂裏，而車伕她並不認識。然而她有個隨從僕人留下來陪她，而且也在坐位上。為了回去不感到害怕，她一點都不需要慕薩金的。所以她喜歡有個慕薩金可以賭賭氣，也可以吵吵架。

在屈膝的時候，在自己承受別人大加斥責的時候，會引起他大發脾氣的，一直要到所有的怒氣都發洩完畢為止。如果事情還過得去，他往往能厚著臉皮說謊，但是侯爵夫人和芳希雅的相遇，是不允許他否認的。他全部承認，只是把這都歸咎於他冷酷漂亮的表妹把他丟進一個年紀輕、狂熱的慾望和激動的精神失常的情況當中。這個是她不大應該承受的責備，因為她並沒有讓他失望，這個責備只是會讓她感覺臉紅而已。但在事實的壓力之下，她也戰勝不了他，她是浪費時間向他揭發他所有告訴她有關和芳希雅的關係從頭到尾都是虛假。他會以一個絕望的景象來中斷自己的辯解，他會拍打自己的胸膛，他會把兩個手攪在一起，也會假裝失去理智，但就因他沒有什麼權力這樣做，反而會讓他表現得更加魯莽。侯爵夫人則真的會失去理智，會激將他把他留在家裏，等提耶夫赫侯爵到凌晨兩點或三點，就像過去在他們身上發生過的一樣。

——如果你可以，她對他說，理性的和我講話，而不要想在你家等你的她，我相信你對她有的只是一種粗俗的想像，是個心血來潮而已，而你的心是屬於我的。做為代價，我原諒你做為一個年輕男人的瘋狂，而且，在只願接受你的一份純潔的愛情之下，我還把你看作是我的親戚和朋友。

王子處在一種退無可退的情況之中。他熱情的吻了侯爵夫人的雙手，並熱切的向她道謝，這讓她相信已報了芳希雅的仇，讓她勝利的進了家門。

她叫人把茶端到了客廳，通知她的那些必須要等提耶夫赫先生的人，以及帶進來那些可能以提耶夫赫先生之名義，給她帶消息的人。保皇派的陰謀不軌認可了這些反常的事情，然而那些僕人卻一點都不會上這些事情的當，但那個嚴肅而又非常政治的馬丁卻非常當真，他負責要求那些次一級的僕人對任何的蜚短流長保持安靜，所以這些僕人也就收斂到僅僅是小聲講話和面帶微笑而已。至於他，堅定相信國家的機密，而且盤算著他的謹小慎微對他的主人來說是一項有力的輔佐，所以待在候見室裏，聽侯爵夫人的差遣，並且遠遠支開其他僕人，以免他們在門邊聽到什麼閒話。

為了瞭解最小的細節，慕薩金充分研究了這棟房子。他讚賞房子散發出莊嚴的氛圍，在這氛圍當中，一個和侯爵夫人一樣年輕的婦人也會裝腔作勢的關心政治，以便能免掉一些習慣規矩，和擺脫一些危險的目擊者。他開始喜歡這種驕傲自負和貴族式的美，這對他顯出了一種與驚慌柔弱的灰粗布女子的清楚對照。他想到他的叔父，經由惡作劇的小報告，打算把他和兩個女人的關係搞得無法和睦，但卻只成功的給了他既可擁有這個女人，也可掌握那個女人的保證。他對侯爵夫人發誓，他以他的靈魂愛她，但因為他太尊敬她了所以沒有辦法更加的愛她，而且他假裝非常吃奧斯克伊的醋，這輪到他責怪侯爵夫人過於取悅他的叔父來打斷她尖銳的指責。她則盡力為自己辯解，說她丈夫是個有野心的人，對她保護不好，而且出其不意的邀請伯爵到她家吃飯，請他陪她去劇院，還請他當她的護花使者。

——那你自己呢，她又說，你不也是一個有野心的人嗎？這幾天為了不讓你這麼怕的那個叔父不高興，你不也是忽視我了嗎？你不是建議我要可愛的和他在一起，好好對待他，為了他不要以他的怒火把你壓垮嗎？

——可憐的人，慕薩金回她，我不是為了我而怕他，而是因為我在這裏，在妳的跟前發誓說我喜歡妳。妳可以把這話再對他說的。由於妳紅色嘴唇的一個微笑，妳湛藍雙眼的一個眼眸，之後我會遭到沙皇的粉身碎骨，但我是不會抱怨我的命運的！

迪歐米屈並不太擔心侯爵夫人會洩露出她自己就要發生在眼前的失敗，她還是很容易被那種無須冒太大風險的勇氣所欺騙，所以她讓自己受到愛慕、懇求，讓自己沉醉和接受征服。

眼淚和責備總是會隨著失敗而來，但已經太晚了，可能是早上三點了。提耶夫赫先生應該可以回來了。她恢復了有精神的外表，按鈴叫馬丁。

——侯爵不回來了，她對他說，他可能要耽擱到天亮，我等的累了，護送王子……

慕薩金勝利驕傲的走了，他等不及要再看到芳希雅，他還是比較喜歡她要超過侯爵夫人。他不是沒有一些愧疚，他叔父相信他在提耶夫赫夫人的心裏已遭到了他的損害，如果他不利用這個叔父給他的機會，他會瞧不起自己的。但芳希雅的痛苦也讓他的勝利打了些折扣，所以他急著去見她來安撫她。他也急著要知道她和奧斯克伊伯爵之間發生了什麼事。奇怪的是，儘管他的敏銳和他對他叔父行為舉止的經驗，他還是猜不透他。在越過那條領著他回樓閣的街道的時候，他開始有些擔心了。

然而所發生的事情，如果他能早一點料到，就會大大破壞前晚在侯爵夫人身旁的陶醉的。

我們再回到我們錯過的芳希雅的情況，這也就是說在喜劇院樓下的包廂裏與奧斯克伊面對面的情況。

一開始，他很高興看到她什麼都沒有對他說，而且她，沒有任何戒心，因為慕薩金已對她談了一點他的叔父，她繼續看著表演，但什麼都看不進去，什麼都不討她歡喜。自從慕薩金不在她身邊開始，她感受到了一個很厲害的偏頭痛，當伯爵告訴她他侄子才收到了命令，不得不趕到皇帝身邊去的時候，她等著他好像他把她的生命掌握在手裏一樣的緊張。

——妳不要擔心出去，他對她說，我負責送妳上車，如果妳願意的話，或者送妳一程。

——不必了，芳希雅回答，感到很傷心。有個馬丁先生會有輛出租車準時等我的。

——馬丁先生是誰？

——是個內務僕人，目前聽命於王子。

——我去通知他，奧斯克伊又說，好讓他在出口等。

他走在寬廣的前廳下，在那個年代那裏還聚集了一個行業，一些殷勤的人，只要幾個零錢，他們就負責招呼或把貴族的車輛叫過來，他們用盡肺部的力氣，大聲喊著他們主人的頭銜或名字。奧斯克伊告訴了第一個人去呼叫瓦倫丹先生，瓦倫丹馬上就出現了。

——慕薩金王子，奧斯克伊對他說，通知你不要再在這裡等他了，把車拉回去，去他家等他。

以他的高智慧，瓦倫丹一點都不懷疑，而且服從了。

伯爵回到走廊上，匆忙寫了一張紙條，要交給在侯爵夫人的包廂裏關著禁閉的侄子，再回來告訴芳希雅，瓦倫丹先生可能不懂慕薩金的命令，已經走了。

——這個情況，芳希雅回答，我馬上搭另一部出租馬車，我累了，我想回去。

——妳過來，伯爵說著就把手臂給她，她幾乎搆不到，她個子這麼小，而他是這麼高大。

他很快就找到一輛出租車，坐在她的旁邊向她發誓他不會讓一個他侄子喜歡的漂亮女孩，由一個佇立街邊的車伕看管的。

他很小聲的告訴車夫以平常的步子走那些林蔭大道順著往北到巴士底[7]旁邊。芳希雅認識她的巴黎，立刻發現這條路線不對，就責怪伯爵。

圖 30　巴士底廣場

[7] 巴士底（Bastille）。巴黎一座城堡，位於巴黎 11 區，建於十四世紀，為一監獄，1789 年 7 月 14 日毀於革命，原址現為巴士底廣場，有巴士底劇院（Théâtre de la Bastille）。（圖 30）

——又有什麼關係？他告訴她，動物喝醉了，或睡著了，我們可以放心的談話，我有一些對妳很嚴肅的事要對妳講。妳愛我的侄子，他也愛妳，但妳是自由的，他不是。有一位妳不認識的漂亮女士……

——提耶夫赫夫人！心頭一驚的芳希雅叫了出來。

——我，我可沒有對什麼人指名道姓，伯爵又說。我只對妳說有一個漂亮的女士在他的心上有比妳優先的權利，而且目前她正向他要求這些權利。

——這是說他不在皇帝那裏，而是在這個女士家。

——妳這就完全掌握住了，他要我陪妳消遣消遣，或送妳回去。妳選什麼？我們去藍色錶面[8]宵夜，或是坐在車裏簡單的散散步？

——我想快點回家。

——回家？聽說妳已經沒有家了，而且我對妳發誓今夜妳在我侄子家是找不到我侄子的！好吧，哭一哭吧，這免不了的，但不要哭的太多，我漂亮的小女人！不要弄壞了妳的眼睛，這是我一生中看過最美，最柔情的眼睛。像妳這樣的漂亮，丟了一個情人，會找回來一百個的。我侄子已清楚的預見他避免不了的不忠，這破壞了妳與他之間的和睦，因為他知道妳是尊嚴驕傲和愛吃醋的。所以當我向他提議來安慰妳，他就同意了。妳就答應吧，我來照顧妳，妳的情況會更好的。慕薩

[8] 藍色錶面（Cadran-Blue）。曾位於巴黎第三區廟堂大道（Boulevard du Temple）之餐廳，在大革命之前即已著名，為當時劇作家聚集之地。

金什麼都沒有，只有我給他的，用來支持他的身分地位，我呢，我很有錢！我沒有他年輕，但我比較通情達理，我絕不會把妳放在像今夜他丟下妳的這種情況之中。走，我們去宵夜，我們談談未來，而且妳要知道我侄子感激我幫他斷了一些他明天早上必須要結束的關係。

芳希雅因痛苦、憤慨、羞恥而覺得胸悶，沒法答話。

——妳考慮考慮，伯爵又說，我，我很喜歡妳！快點考慮，因為我要照顧你，得幫你找個舒適的住所，妳今天晚上就可以住。

芳希雅沒有作聲。奧斯克伊以為她想要接受想得要死，為了催促她的決心，他把她環抱在他孔武有力的雙臂中。她害怕了，在掙脫的時候，她想起慕薩金偷偷遞給她匕首的奇特方式，她靈活的從她腰帶中把匕首掏了出來，匕首是她用披巾蓋住插在腰間的。

——不要碰我！她對奧斯克伊說，我不是這樣受人瞧不起的，我也沒有像你想得這麼弱。

她決心保護自己，而且他放手的攻擊她，他不相信她真能抵抗，當她突然看到，在路燈反射鏡的閃光中，一個男人跟著車子，而且走的與車子非常靠近。

——安端！她叫了出來，身體向車外彎了出去。

一瞬間，車門打開了，腳的踏板都還沒有放下，她就掉下來落到安端的兩個手臂裏，他就像一根羽毛一樣的把她接走。伯爵試著再去抓住她，但已經到聖馬丁門前了，而且那幾條林蔭大道上都是從劇院出來的人。奧斯克伊怕鬧出可笑的醜聞，就把車門關了起來，急著催促他出租車車伕加快腳步，消失在行人和車陣當中。

芳希雅幾乎昏了過去，然而她還是對安端說：

——去莫伊內家。

一陣子後，重拾勇氣，她還能走路。他們到了距木假腿小咖啡館只有兩步遠的地方，那個區裏面的人都是這樣親切的叫莫伊內士官的小店的。店還開著，那個殘障人士看見他收養的女兒，高興得大叫一聲，但是，看她這麼蒼白虛弱，他就把她帶進一間像辦公室的地方，那裏一個人都沒有，他就急著問她。她還不能說話，他就質問安端，安端低著頭，沒有回答。

——她會告訴你她願意講的事，他說，我呢，我只能閉嘴！

而且就像他想的一樣，她不願意當他的面解釋，這個老實的男孩就挺著耐心，而且技巧的不去知道真相，退了出去，同時告訴芳希雅：

——我走了，我去幫忙小伙計把店門關上，如果妳有什麼事要我做的話，我就在那兒。

芳希雅，深深受著感動，對他伸出一隻手，他用兩手以強烈的情感握住，他那短胖、棕褐色膚色的臉孔是騙不了人的。

——妳看看你，妳講不講呢？他們一單獨在一起，莫伊內就向芳希雅發誓說，這整件事，有些東西不清楚！我什麼都沒講，但關於妳母親回來的故事，我是一個字都不相信的，更不要說我知道有些事情讓我不高興。那天晚上，我在跑為了讓你那搗蛋的弟弟放出來的那件事，儘管我阻止妳，妳還是出去了，而且一直到天亮才回來，甚至在那同一天，妳沒有向我道別就不見了！妳應該說出實情，妳聽到了沒？如果妳還試著要來騙我，我會看不起妳，而且我就不管妳了！

芳希雅哭著撲向他的膝蓋。那個可怕夜晚最近的一次危機，突然驅散了她的頭痛，她的心充滿了堅強的憤慨以反對那些俄國人，他們試圖使她變得卑鄙而且受輕視。她現在以最清晰的程度和絕對的誠意來講述她與慕薩金之間的關係。在準備責罵那可憐女孩的時候，這個士官以同樣的精力，而且用了很多的粗話來加強語氣，痛斥那兩個外國人的行為。他不願允許情況因為王子而有所牽就，而且當芳希雅試著說服自己，王子的品行比伯爵對她所展示的行為要來得罪刑較輕的時候，莫伊內就對她發怒，而且不許自己對她難以忍受的悲痛施以任何的憐憫。

——妳是個沒有良心的人，是個懦夫，他對她說，妳出賣了妳的國家，出賣了妳對母親的回憶！妳把自己委身於一個殺害妳母親的人！而且他還把這事告訴他另外一個情人，這應該是真的，而且當我們在一起的時候，他們卻一起在笑話這件事，因為她也和他和妳一樣的卑鄙下流！她覺得好笑！啊！女人！真是無恥，還好我還像個男孩子！好了，不要再哭了，敵人供養的女孩，我乾脆把妳送到路邊和其他的人一起拉客好了！……其他的人？不不，我講錯了，我忘了……這些妓女比妳還強的多！敵人進到巴黎的那一天，沒有一個那樣的女孩出現在街邊的……啊！我真為妳臉紅！我也是，我把妳從那裏帶回來，我真應該對著妳的腦袋轟上一粒子彈的！我這好一個拿破崙大軍留下來的老兵！好一個潰逃之後的東西！那些敵人對我們難道會有什麼好的想法！

芳希雅聽他說著，手肘靠在膝蓋上，手托住臉，胸膛向後，兩眼盯著。她不哭了，看著自己的過錯，開始有罪惡感。前一個晚上那些可怕的景象又出現了。她，她凝著神，一直醒著，她母親殘缺不全的頭顱，還有慕薩金的馬，帶著這血淋淋的戰利品輕快的跑著。

——爸爸莫伊內，她對殘障人說，我求求你，我什麼都不說了，你會讓我發瘋的。

——不！我要講，我還要講，莫伊內又說，她忘了告訴莫伊內她已經病了二十四小時了，我從來沒有對妳說個夠，我從來沒有對妳講我應該要對妳講的！我太和氣了，太笨了。妳老是愚弄我，發生的這些事，都是我的錯。真他媽的見鬼了！這也是這個悲慘世界的錯。如果我能如何的把妳安排好，有時間把妳監督好，有個地方，有些人管著妳！但我只有一條腿，一毛錢都多不出來，也沒什麼本事，沒有家，什麼都沒有！我只配作一份開個食堂的工作，也多虧一個我的朋友，我還能租下這個該死的好店面。這個店綁得我就像掛在牆上的一張相片，而且我收入支出還打不平。在那段時間，小姐，我覺得妳這麼乖，而且住在上面的屋頂閣樓裏，對所做的工作還不滿足，還要去弄一些碎布料來自我排遣。有些人就任由區裏的男孩帶去看表演，帶去與其他一些小女工一起散步，這些男孩都是向父母借錢和這些姑娘拍拖的。我不只一次的告訴妳，不要去，會有麻煩的！我要的妳通通答應了我。妳很和善，別人也相信妳的理性自持，但妳不勇敢啊（莫伊內拍著胸膛）！妳既沒有良心，也沒有靈魂！一塊破布嘛！一隻不要歸巢的鳥，而且隨風到處飄盪，妳總聽那些亂七八糟的人的話，妳又看不起那些跟妳一樣的人，妳可以嫁給安端的，妳現在還是可以啊！當然不，妳自認為自己是個什麼最漂亮的人，曾經有個母親可以在舞臺上原地單腳旋轉，還在哥薩克人面前說：我是藝術家。結果把自己交給一個理髮師，因為他是藝術家，他也是！妳看，所有從劇院進進出出的人，都是吟遊詩人和有野心抱負的人！他們穿著和王子和公主一樣，夢想成為國王和皇帝。我在莫斯科看過這個了，有一些在劇裏無關緊要的人曾和我們喝過一杯，但他們從來不會拿個槍去戰鬥的。妳是在這樣一個世界裏長大的，妳一直會受到影響，妳將來會是一個什麼有用的事都幹不出來，只打算靠別人供養的人。

——我的莫內伊爸爸，芳希雅說，既受到屈辱又是精疲力盡，我從來沒有這樣的下流過。我從來沒有要接受你和那些辛勞工作而沒有收益的人的任何東西。這所有都是我的錯，我不願與安端處於一個悲慘的情況，他賺的也不夠和家人待在一起，他會很不幸的。那些讓我接受過一些東西的人永遠找不到像我這樣滿足於這麼一點點的情婦。我從來沒有什麼都不做，不去賺幾個錢，好讓我弟弟有衣服穿。我也從來沒有因為愛好什麼而走偏過，你從來沒有看過我和有錢人在一起，而且你很清楚，那些能供應所有我們希望得到的東西的人是不會缺的。

——這個我都知道，一直到現在，妳是比較神經質的，而非有什麼過失，這就是為什麼我原諒妳的原因，我還愛妳，我受不了別人說妳的壞話。我也想，妳會碰到某個體面的情人，妳會以妳的和善和良心使他成為妳的丈夫，但目前！目前，小東西，有哪個老實的男人，甚至愛上妳的，願意永遠去吃一個俄國人留下的剩菜剩飯！一天兩天還好，新奇的想像力還可以帶者妳溜搭溜搭，但以後必須從一個人到另外一個人，生張熟魏的一直到進了醫院和街邊的人行道上去！

——如果你是這樣的來寬慰我，芳希雅說，我很清楚我只有投水自盡一途了！

——不可，這什麼都修補不了，這些愚蠢的行為！我們沒有這個權利的，一個男人應獻身於他的國家，女人則應獻身於責任。

——所以我目前有什麼責任？既然你認為我不老實，又墮落。

莫伊內有點不好意思，他說的太遠了。他對於說理不是很在行，所以也走不出窘境。他只找到了一個辦法，就是向她道歉，並把安端的愛情交給她。

——只有一個男人，他對她說，相當的善良而且有耐心，可以不拒絕妳，妳只要給他一句話就好。在名聲上，他不是完全沒有問題，但他總是會求教於我的，當我對他說「名譽是可以與寬恕同行的」，他相信我。妳看看，我們結束話題吧，我去叫他來，而且當你們兩個講話的時候，我去彈子房自己舖個草墊。妳睡我的房間，有一張床墊。明天我們會留意給妳找一間閣樓。

他走了出去。芳希雅一個人留下，她害怕、猶豫了一陣子。莫伊內必須要有點時間來告知並且說服他的侄子。如果解說是立即而且快速的，那麼芳希雅便得救了。除了最終死在這個令人感到拘束不安和現實主義的環境裏，這個環境會傷害她細緻的品味和嬌弱的身體之外，受到安端盲目的忠心奉獻而軟化的芳希雅，會克服她自己的反感。然而安端他自己要等，他有等的責任，但他沒有辦法熬夜不睡，他是一個艱苦的勞動者，每天晚上，他都累得倒了下來。為了不要睡著，他點著煙斗，熱空氣和煙霧瀰漫的黏稠，對他像上了麻醉劑一樣。他出去抽煙走走，到街上相當遠了。莫伊內叫小伙計去找他。他回來後，大家就談，但莫伊內很快的就把這如此反常的情況簡述了一遍，然而這需要幾分鐘才能理解的，所以芳希雅有時間做一些思考。

——他在猶豫，她想。他不能那樣突然的決定。隨著時間的過去，莫伊內有必要告訴他很多話，讓他對我有個他已經不再有的信心。啊！這比所有我所有的卑鄙下流都更令人感到受辱！找一個連愛妳都會臉紅的男人做妳的主宰！不！這不可能，去死了還比較好！

小店後面的門是開著的，她衝了出去，跑得像一支箭一樣。當安端過來對她說話的時候，她已經遠了。他胡亂找了整個晚上，他不知道她住哪裏，所以不可能會合得上她。

一開始芳希雅為想自殺的昏亂念頭所苦，一心只想走到塞納河邊，但是一個比絕望還強的本能，一個慕薩金給她的愛情的模糊感覺讓她在欄杆旁邊停了下來。誰又知道王子不是純潔清白的？為了讓她聲名狼藉，伯爵可能全部都是捏造出來的，而且他還想向她施暴，所以毫無疑問這是一個卑鄙下流的人。慕薩金也一定知道他什麼都幹得出來，因為他交給芳希雅一件武器自衛，那把匕首已經說明了一切。由於這個動作，王子是不願意交出他的情人的，意思是寧可殺了他也不要退讓。

在死之前，必須要知道真相，這只是為了在心裏少些仇恨，在頭上少些羞愧罷了。

她回過來了，她有匕首，她拿了出來，看著在反射鏡光線下細長銳利的刀鋒和刀尖，她看了很久，她刺穿了她打了幾個對折的絲質腰帶。沒有什麼能擋得住利鋼的，連最硬的針都會斷，芳希雅不要用什麼力氣就能把刀尖捅進去。

──好！她想，沒有什麼比把這個捅進心臟更容易了。當我想要的時候，我就會確定做個了結。我在戰爭中受過傷，我知道這個時候是不會痛的。如果我們馬上就死，我們不會痛苦！她用慕薩金選給她的漂亮皺紗絲巾在腰間纏了三圈，裏面藏著波斯匕首，再趕她的路程一直到提耶夫赫公館，她希望在回到小樓前先到那裏跑一趟。

她到的時候凌晨三點，一輛車正好出來，開往花園的欄柵，小樓就在花園那兒。她跟著這輛快跑的車子，她用像受到大的刺激所給她最大的氣力緊追在後，她趕到的時候，慕薩金正好下車，她讓自己不被發現，利用打開欄柵的時候，莫茲達在車門旁迎接他的主人，她就靈活快速的溜進花園，這個哥薩克人剛好轉過身子，而他又高又胖的身體擋住了王子的眼睛，所以兩個人都沒有料到她已經進來了。

她衝進花園，看看會不會撞見瓦倫丹，結果沒有。她直接走到慕薩金的房間，躲在他床簾的後面。她想嚇他一跳，看看他在看到她出現之後第一個反應是什麼，她想在他還能準備一套謊話欺騙她之前，以輕蔑的語言攻擊他，當著面把他痛罵一頓，然後自殺。

慕薩金在回到他公寓的時候，就已問過莫茲達芳希雅是不是已經回來了，對著否定的答覆，他想：

——這就對了！我早就猜到了！我叔父把她劫走了。當他猜想我比較喜歡這個人而不是那個人的時候，他就把那個人留給我，這樣就可以奪走我真正之所好做為報復！

他回到家，為一陣怒氣和哀傷的發作所苦，然而這並沒有持續太久，因為他不論在精神上還是在身體上都需要休息了，這比一陣陣的激情都還要來的迫切。而且他還想在睡覺前了解這劫持的情況，男人為了任何事情都可以付高價錢的，他絲毫不加考慮的就差人把瓦倫丹喚醒，而且叫他過來。

芳希雅看了這一舉一動，她在等他一個人的時候現出身來，瓦倫丹進來了，慕薩金就用法文說話，她一字不漏的聽，看他有沒有講到她。

——看起來，老兄，王子對這個善於算計的人說，你讓別人把我的女朋友偷走了！我沒有想到你這麼容易被騙。這是怎麼回事，你半夜回來卻沒有把她帶回來？

瓦倫丹顯得非常的驚訝，但他很認真。他敘述了伯爵如何以王子的名義辭退他的經過，他不可能去懷疑這是一個綁架計畫的。

——不管他了！你真是少了敏銳的洞察力。像你這樣的人應該什麼都預想得到，什麼都猜得到的，可是你像一個小學生一樣被耍了。

——我很遺憾，殿下，但我可以彌補我的過錯。我該怎麼做呢？我已準備好了。

——你應該把小女人找回來。

——到哪裏去找，殿下？到塔利亨公館？伯爵一定不會把她帶去那裏的。

——不會，但我對巴黎一點都不熟，你應該知道像這個情況我們會把一個抓到的人送去哪裏。

——在第一個接待新客的公館。你叔父是個大老爺，他一定是在城裏頭三個公館裏，我三個都去，而且我會靈活的知道那些相關的人是不是在裏面。殿下可以休息了，等殿下醒來後就會有回覆的。

——要做得好一點，必須把小女人給我帶回來。我叔父不會等到天亮就會回到我們主子身旁的崗位上，他現在應該已經在那裏了，而且我可以確定芳希雅會願意跟你走的。

——經過這次事件，殿下是否已決定再收留她呢？

——她一定挺得住，我對她有信心！

——奧斯克伊伯爵在失敗以後，他難道不會遷怒於殿下嗎？殿下不會同意把你的情況告訴給我的，但這在提耶夫赫公館是人盡皆知的事，公館裏的人告訴我，說奧斯克伊伯爵是個有力人士，殿下是絕對依靠他的。我謹請求殿下原諒我，去向她當面表達一點看法，但這事情很嚴肅，而且我不希望我過於盲目的忠心受到殿下的責備。所以我懇求殿下在一直命令我去找芳希雅小姐之前再考慮一或兩分鐘。如果芳希雅小姐對這次事件生氣，她早就逃走了，而且可能已經在這裏了。

慕薩金動了一動。

——我們假設，瓦倫丹又說，她受到了保護，那她可以明天再做考慮，她可以衡量一下對她非常有利的新地位。假定她還是完全愛戀著殿下，而且毫無私心，那她就會成為一個相當嚴重的爭端對象！如果你不把她藏在另外一個地方的話……，他會在這裏再看到她的。

——一定要把她藏在別的地方，瓦倫丹，絕對要這樣辦！

——的確如此，這也就是我想告訴殿下的。所以我不要再把小女人帶回來了？

——不要，不要把她帶回來。給她找一個妥當的藏身之處，然後回來告訴我在哪裏。

——如果我是殿下的話，我會做得更好。我會給伯爵寫一個可愛的短箋，請求他是否同意放棄他這個心血來潮、一時的衝動，如果他心甘情願地放棄，那殿下就沒什麼好怕的了。

——他不會放棄的，瓦倫丹！

——那好！那麼，如果我是慕薩金王子的話，我會放棄。我不要因為有這樣一個只是玩幾天的小女孩而受到牽連，再觸怒一個什麼都幹得出來的男人，而且這個人是把我的命運掌握在手掌心裏的。我會把我的願望轉移到一個自己更想要的，而且地位更高的對象上。那個離這裏不遠的侯爵夫人在大大驚慌的那天派了三次……

——瓦倫丹，你閉嘴，我沒有跟你講話，而且我不允許你和我談那個人。

——殿下說得對，因為殿下對其中一個比對另外一個更重視，所以殿下會寫信給他的叔父，我一早會把信帶去，把答覆帶回來。這是能調解一切的方式了，我斷定在看到殿下對他的順服之後，伯爵先生就不會這麼關心那個小女人了，甚至可能一點都不關心了。

——這可能，什麼都應該考慮到。你下去吧，瓦倫丹，等我醒來，我再告訴你應該怎麼做。

慕薩金，再也擋不住睡意了，他脫去衣服，倒在床上，睡得像被雷打到一樣的不省人事，因為他已經沒有辦法把被子拉過來蓋在胸口上。經過一個晚上的樂趣和煩躁不安，就像過了很久的時間後才入睡一樣。他可能做了一些愛情的夢，在夢中有時候是侯爵夫人，有時候是灰粗布衣輪流的出現。更可能的是，他連夢都沒有做，他一覺就沉入精疲力盡的夢鄉之中。芳希雅從藏身處出來，小心的走到房裏，然後膽子就大一點了，因為他什麼都聽不見了。在聽到瓦倫丹的腳步走遠後，她把門閂拉開。莫茲達一動都不動，他睡在前廳下，並不在床上，哥薩克人不懂得講究這些的。他躺在一張沙發上，沒有脫衣服，以便隨時準備聽候主人的命令。

芳希雅坐在一把椅子上看著慕薩金。他是多麼的安靜！他可把我忘記了！對他來說，她是多麼微不足道的東西！他才離開侯爵夫人的懷抱，就已不再關心這隻小青鳥了。他把它讓給了有權力的奧斯克伊，他不敢和他爭的。當他睡飽了，他或許會試著以一個懦弱的懇求，要求把小青鳥還給他，也可能甚至連試都不試的！

芳希雅丈量者這個讓自己掉入的深淵，激動的牙齒打著顫，她感覺她的心與四肢一樣的冰冷。她把晚上所有的情節都帶回到她仍舊清明的思慮當中，慕薩金的順從居然把她放棄給一個劫掠者，對她來說是最令人心碎的羞辱。古茲曼對她也不忠誠，但她把這個歸咎於他突發的忌妒之心。要把她讓給另一個人，還不如把她殺了好。慕薩金反倒樂於提供她一個工具來除掉情敵。

——他為什麼會有這樣的想法，她想，既然現在他在睡覺，而且已不記得我的存在？毫無疑問這個想法是他從叔父那繼承過來的，他也應會感謝我立刻把它傳到手上！

她捧腹笑了起來，而且相信聽到了那個殘障者的話在耳邊回響「她殺了妳母親，這應該是真的，不但如此，他還笑妳做了他的情婦！他也會和另外一個情婦一起取笑妳的，這個情婦和他也半斤八兩。」

芳希雅站了起來，一陣憤怒湧了上來。突然她感覺發熱，這股強烈的熱氣特別衝上了腦袋，她似乎覺得房間裏充滿了紅色的微光。她抽出匕首，擦了擦刀鋒，不知道自己要幹什麼。

——現在，她想，我要死了，但我不要死得名聲這麼糟糕。我不願意別人說我：她過去是一個謀殺她母親的俄國人的情婦，而且她是這麼的愛他，這個可憐的人，她為他自殺。我可真短命！我不願意只為了痛苦而活，也不願在我的記憶裏有的只是羞愧。我希望人們原諒我，我希望當我不在了，人家還重視我。我要別人對我弟弟說「她做過一件丟臉的事，但她已洗淨，而且你可以為她驕傲，你可以為她哭。你呢，你想殺俄國人，你沒有找到機會，她可找到了，她！她報了你母親的仇！」

會發生什麼事？沒有人知道。芳希雅又坐了下來，感覺寒冷而且精疲力盡。她盯者這張俊俏的臉，這麼的安靜好像在對她微笑，嘴是半開著，而且在他黑色的鬍子中間，白色明亮分開的牙齒，像一排還未打磨的珍珠一樣。

他睜大了眼睛盯著她看。

他試著把手放在胸口，就像要擺脫一個困擾他的外國人一樣。但他沒有力氣，手又鬆開垂落在床沿上。他受到致命的一擊。芳希雅一點都不知道。她把波斯匕首插進了他的心臟，她的妄想發作，所以她已經沒有意識，她瘋了。

慕薩金有沒有叫一聲，發出一聲呻吟？他有沒有對她說話，對她笑，有沒有罵她？她都不知道。她什麼都沒有聽到，什麼都不懂，她想她是做夢了，與惡夢搏鬥。她已經不記得曾經想要自殺。她最後相信自己是醒的，只有一個直覺的願望，就是到外面呼吸一下。她從房間走出去，匆忙穿過前廳走到柵欄，莫茲達沒有聽到，再找到鎖上的鑰匙，冷冷硬梆梆的關了門走到街上，不知道自己在哪裏，也不知道自己是誰。

慕薩金還能呼吸，但是隨著時間一秒一秒的過去，他的氣息越來越弱。他顯然沒有受到任何的痛苦。只有那一陣的震動把他弄醒了，但要弄清楚怎麼回事這並不夠，而且現在他再也無法懂了。他是不是看見了芳希雅，是不是認出了她，他已經不記得了。他還留下的靈魂飛到了遠方，朝一條大河邊的一棟小房子飛去。他看見一些草地，一些羊群，他認出了他騎的第一匹馬，而且看到自己在馬上。他聽到一個聲音對他叫：

——小心，孩子！

這是他母親的聲音。馬倒了下來，視覺消散了，迪歐梅德之子什麼也看不見聽不到了，他死了。

在他習慣要醒來的時候，莫茲達進到他的房裏，認為他還在熟睡，叫小老爹的叫了他好幾聲！但都沒有回應，他去把百葉窗打開，看到了床上有紅色的痕跡，但非常少，傷口幾乎沒有什麼流血，匕首還留在胸口上，刺得不是很深，但是刺到了讓生命運行和生機不斷的區域。這是一記在臨終時沒有痙攣抽搐，一記迅速的氣悶。面容安詳，令人嘆服。

哥薩克人叫著，哭著的時候，莫茲達跑來了。他叫人去找警察和傅赫醫師。等待的時候，他檢查了所有的東西。經由一次奇蹟般的巧合，因為她一定沒有做過任何設想，芳希雅沒有在房裏，也沒有在院子裏留下任何短暫逗留的痕跡。地是乾的，一點印記都沒有。柵欄的鑰匙還留在門鎖上，瓦倫丹記得是留在上面的。莫茲達發誓沒有人能進入前廳而他是聽不到的。傅赫醫生與另外一個外科醫生檢查了傷口並且做了紀錄。他的同行斷定是自殺。至於他，他不相信是自殺，但不做結論。他想到了芳希雅，但沒有講出名字。對一些事實進行研究不是他的事，所以就退了出去，想著這個小女子比他想像得更有活力。

瓦倫丹，很怕受到指控，高興的看到嫌疑都指向可憐的莫茲達，莫茲達是一個像一頭已經馴化的兇猛野獸一樣，哭得心都碎了。奧斯克伊伯爵，急急忙忙的也來哭他的侄子，而且做為一個阿諛的朝臣，他的哀戚是盡可能真切的。在形式上他逮捕了莫茲達，但在仔細考慮過自己在軍事上的前途後，他就為莫茲達說話，而且宣告他可憐的侄子有過傷心的戀情，這把他帶向了自我了斷。他明的不承認是他自己給他造成的這個哀傷，然而暗地裏為了這事責備自己，但也自我安慰的說，這個可憐的孩子就是因為個性弱，思想浪漫，心地太軟，以致於在命運中，因為幾次的蠢事，就中斷了已經向他展開的光明前程。

沙皇對這個年輕的軍官垂允憐憫。在他的旁邊，有幾個人相互低聲說著小話，奧斯克伊伯爵，忌妒他侄子的年輕俊美，在某個侯爵夫人的身旁發生了競爭，而且把他排擠掉了。事情並沒有其他的發展，下榻或駐紮在塔列亨公館的一個俄國人給迪奧梅德・慕薩金做了個輓辭。沒有什麼新意，但有簡短的優點：

——可憐的孩子！這麼的年輕！

下葬沒有伴以軍禮的盛大隆重。自殺一直而且到處都被認為是一種墮落。

提耶夫赫侯爵一直跟著他親愛表哥的送葬隊伍，對著願意聽他講話的人說：

——他是我內人的親戚，我們很喜歡他，我們對這傷心的事感受非常強烈，所以提耶夫赫夫人精神病發作了。

侯爵夫人的情況真的非常強烈。從墓地回來，她丈夫低聲對她說：

——我了解妳的情感，親愛的，但要克服這個，而且從今晚起，要把妳的門打開。人都是很壞的，而且從來不缺什麼人會說，妳哭得太多了，所以妳和這個年輕男人之間一定有什麼事情。妳要安靜！我不相信那個，但妳要穿著整齊，而且一定要表現出一副：我的名聲要緊！的樣子。

侯爵夫人遵了命而且做出了表現。八天後，她比以往更投身於社交之中，而且可能在一個月後，她想老天保佑她，免掉了一個過於強烈的，會讓她有損名譽的激情。

沒有人對芳希雅起疑，而且，奇怪而且確定的是，芳希雅也不懷疑她自己。她頭上發燒，自然的回到莫伊內家，她倒在一張床上，還是病的厲害，三天三夜為精神譫忘所折磨，這是一個請到她身旁的醫生的診斷。的確，如果瓦倫丹指控她的話，法國警方很容易就找上她的，但他沒有這個念頭，他只懷疑奧斯克伊伯爵，他討厭他這麼隨便的耍他，而且在年輕的王子過世後，就一筆抹煞了自己的記憶。當他太太告訴他，那個小女人在事發當晚，可以進到小樓裏而他們並不知道，他就聳聳肩回她：

——所有這些，都是俄國人之間的事，我們不用比他們追查得更遠了。我知道俄國的皇帝不喜歡大家看到法國人仇恨俄國的證據。我們對小芳希雅保持安靜：我們沒有再見到她，她也沒有來向我們要什麼東西，她甚至留給我們一張王子給她的鈔票，這還會有什麼問題！

然而有一個人感覺到了而且猜到了事實，就是傅赫醫生。那天當他看不起的離開她的時候，芳希雅專注在他身上那個深切悲傷的眼神還留在他的心中，而且就好像在眼前一樣。這個可憐的小東西，是這樣純真的信任他，可是一個小時以後又掉入那個愛情的威權之下，她不是個要謀略的人，而是個命運的受害者。誰知道是不是因為他想救她，而沒有把她推向絕望？

他決心要找到她，正因為他的記憶很好，所以他想起來了，在對他敘述她整個生命的時候，她談到過，在聖馬丁郊區的街上有個咖啡館，而且也談到是個殘障人開的。他去了那裏，而且找到了這個已經半生不死的年輕女孩，她弟弟守在旁邊， 因為他在慕薩金家沒有找到她，但在那裏聽到了慘事，所以就回到了聖馬丁郊區，確定一下是否有她的消息。

芳希雅在一間既潮濕又淒慘的小房間裏，只能從兩平方米的院子接觸到一點日光，這是一種天井，以樓層的層層堆疊而成型的，而且滿是破舊廚房的汙穢和臭味，廚房把廚餘都倒在汙水槽的盆桶裏面。這是莫伊內的房間，他拿不出更好的房間了，他也沒有辦法另外再租一間並且付管理費了。幸好多多一刻都不離開他姊姊，他全心全意的照顧她，而且能幹的修妥了一些東西。在經過幾天愛國的狂熱和工作的決心後，他像變了一個人似的。安端，他安排這個星期在附近工作，早上，中午，晚上都來，帶來所有他能夠弄到的東西，好讓病人舒服一點。角落賣水果的老闆娘，是個好心的奧福涅人[9]，是安端的親戚，很喜歡芳希雅，晚上來替換德奧多，或來幫他控制他姊

9 奧福涅（Auvergne）。法國中部的一個舊行政區，首府為克萊蒙·費杭（Clermont-Ferrand）。

姊精神病的發作。所以芳希雅不缺照顧，也不缺幫忙。這昏暗噁心的地方，他是在這找到她的，但這卻又把她留在某種富足之中，兩相對照，揪住了傅赫醫生的心。他必須要點一支蠟燭才看得到她的臉，在問清了病情直到當下的發展過程，他希望把她治好，而且第二天再來。幾天以後，他斷定她已脫離危險了。但德奧多難過的搖搖頭，到一個角落低聲的對他說：

——如果她要活的像現在這樣，那死了還比較好！

——你認為她瘋了？醫生說。

——是的，先生，因為當燒退一點以後，她的神智就會好一點。當發燒的時候，她說她殺了俄國王子，我們也並不驚訝，這就是精神譫忘，但當我們認為她好的多了，她又告訴你，她夢見了死亡，但她又清楚知道王子還活著，因為說他在一張手搖椅上睡覺，我們卻都瞎了眼沒有看到他。

——為什麼你們要讓她知道，這個死亡是和她所處的情況有關呢？

——但是……是她在這裏知道的。當我從福基哈來的時候，沒有人知道這件事，大家認為她是做夢了，我則告訴他們說這是事實。

——好！我的孩子，你錯了。

——為什麼呢，醫生先生？

因為我們會懷疑你姊姊，你必須安靜。目前精神譫妄減退，但頭腦很弱，而且有幻覺，必須把她帶到郊區去，那裏有點鄉下，給她找一個乾淨而且令人歡喜的小房間，有一個小小花園，能夠休息，能夠一個人，不要有好奇和愛亂講話的人。

你呢，不要對任何人再講起那些她曾對你冷靜的說過，或其他關於慕薩金王子的事。你不要為這事煩惱，也不要當它一回事，你讓她相信他還活著，一直到她完全治好。

——所有這些我都很願意，德奧多說，但是費用呢？

——這個我們找得到辦法的，醫生說著，就先給交他一個路易。為了看你姊姊的病，我已經收過一些了，那是當她想要離開王子的時候。現在我來付這筆小小的開銷。你趕快去忙換換環境和住處的事，明天就會有人把她載走。車子會把她搖得厲害的，我會送個擔架來，你讓人告訴我你們在哪裏，我晚上去看她。

德奧多事情做得既快又好。他在聖路易醫院[10]旁，找到了他要的東西，那是靠近莊稼的植栽一直延伸到小瓶內特[11]靠欄柵的地方。第二天中午，芳希雅被放進擔架裏，很吃驚自己被關在一頂條紋的帆布帳篷裏，就像在一張在簾幕裏自己會走路的床上一樣。然後有一些陰暗的想法進入了思慮當中，穿過帆布的縫隙，她隱約看見青蔥翠綠和一些樹木，而她弟弟和安端則分別傷心的走在她的右邊和左邊，她想她是死了，別人正把她抬到墓地去。隨它去吧，她只希望葬在慕薩金的旁邊，她一直很愛他。

---

10 聖路易醫院（Hôpital Saint-Louis）。位於巴黎第十區，因 16、17 世紀的幾次瘟疫大流行，1607 年由亨利四世（1553-1610）所建。院內有不少古蹟，還有一座建於 1889 年的模型博物館（Musée des Moulages），約有 5000 具蠟質醫療模型，為世界唯一。（圖 31）

11 小瓶內特（Chopinette）。地名。

然而這個有節奏感的運送，以及使她四周布幕輕輕抖動的純淨空氣，帶給她一種舒適安逸感，在行程當中，從她非出於自願的犯罪以來，她第一次完全睡著了。

圖 31　聖路易醫院

到的時候她是躺著的，還在睡著。晚上，她可以精神沒有什麼失常的回答醫生的問題，並且為了他的善行向他道謝，她認出了他。她不敢問是不是慕薩金派他來的，但她記得清楚一部份發生的事情。她想，因為他的命令，她轉到一個安全的地方以躲避伯爵的追逐，與負責保護她的弟弟團聚。她沒有力氣的握了醫生的手，他要離開的時候，很小聲的對他說：

——你會原諒我嗎，我沒有辦法恨這個俄國人？

慢慢的，她就不在想像中看見他了，除了失去理智的那一刻，她所有的事都記得了。她怎麼能夠回到失去意識的那一幕呢？從那一刻以後，她做了那麼多可怕又精神失常的夢，讓她分不清楚記憶中的幻覺與真實。醫生以科學的興趣來研究這個純粹又安靜的意識現象，而這個現象要對連她自己都不知道的謀殺負責。他堅持要查明他所懷疑的事，他很容易從芳希雅身上知道，她是在她情人死亡的那個晚上溜進情人家中的。她記得她進來的事，可是怎麼出去忘記了，而且當他問她那天晚上，是什麼情況之下她離開了他，他發現她是完全不知道了。她承認她想用他給的那把匕首當他的面自殺，她詳細的描述：就是醫生幫忙從屍體上拔出來的那把。她相信匕首還在，而且還天真的在找。當他問這個年輕女孩是不是慕薩金讓她轉移了自殺，她想不起來了，而且她的想法又變得糊塗混亂了。一下她似乎覺得是王子拿了匕首要自殺，一下她又覺得王子用匕首攻擊她。

——可是你很清楚，她又說，所有這些都是我的精神譫妄發作，因為他沒有打我，我沒有傷口，而且他太愛我了，不會想要殺我的。至於他的自殺，這還是一個我做的夢，因為他還活著。當我病得厲害的時候，我常看到他。他不是有來看我？他不久後還會再來嗎？告訴他我什麼都原諒他了。他是做了一些錯事，但既然他來了，表示他一直愛著我，我，我想要得到他可能也是枉然，但我永遠不會不愛他。

必須要等到芳希雅完全康復後，才能告訴她那些同盟國在駐紮巴黎十三天後已經離開了，而且她永遠不會再見到慕薩金和他叔父了。她很傷心，但要把傷心藏起來，怕會被指控沒有良心的。殘障者的責備還沒有從她的記憶中離去，而且，在失去希望的時候，她卻從來沒有失去還要受人尊重的欲望。她請求醫生幫她找個工作。他讓她受雇於聖路易醫院的洗衣坊，在那裏她做了模範。在放大假的日子，她會來抱抱莫伊內，而且向安端伸手致意，他一直想娶她。她也不掃他的興，說若有個好的職位，存一點錢，她也想要結婚。這可憐的安端，在他這邊他就卯起來幹了，像一頭牛一樣的工作，而且為了聚積一小筆錢，儘可能的一切能省就省。

德奧多也很忙，他向安端學做白鐵工人這一行。一個虛弱、游手好閒的兒童變成了一個男孩子，瘦瘦的，但是有力氣，積極，而且聰明。

在區裏面，就像芳希雅和她弟弟說的一樣，聖馬丁郊區街，對他們來說，是一種情感上的祖國，大家都在看他們兩個，大家都稱許他們的行為的改正，並謝謝他們及時的規矩生活，大家在許多商店和作坊裏都願意好好對待他們。莫伊內對他的養女很感驕傲，而且會驕傲的把她介紹給那些他過去的老戰友，和他一樣在戰爭中受過傷的，他們會來和他喝上一杯，並且大談當年如何的神勇。

在和他們杯觥交錯的歡樂當中，他還常常忘記要他們付清消費，所以他發不了什麼財，但當他對他們提起芳希雅並把她抬出來的時候，他還是最高興的：

——她和我們吃的苦一樣多，她將來就是可以給我們送終的人！

他錯了，這可憐的士官，他看他收養的女兒外表變得漂亮：她有明亮的眼睛，鮮紅的嘴唇，容光煥發的氣色。傅赫醫生則擔心，因為他注意到了一種幾乎持續不斷的乾咳和循環上的不盡規律。病後的冬天，他觀察到一種更慢，更嚴重的病發作了，到了春天，他確定她得了肺結核。他催她停止工作，而且以公司小姐的名義，由一名上了年紀的女士，把她帶到鄉下去。

——不要，醫生，芳希雅回答他，我喜歡巴黎，我想死在巴黎。

——是誰跟你說死了，可憐的孩子？妳哪裏來的這個想法？

——我的好醫生，她又說，我覺得走了很好，而且我很高興能走。我們只愛一次，我過去喜歡這樣。目前，我也沒有什麼好希望的了。我是完全被遺忘了，他從不寫信給我，人也不來。沒有愛，人是活不下去的，或許，對我的不幸來說，我還是有愛，但這也是在想到他的時候，而且不會交出我整顆心了。這很痛苦，而且會痛苦的結束。我喜歡年輕一點就死了，不要再重新受罪！

即便如此，她還是工作，但疾病進展得很快。

1815 年 3 月 21 日，巴黎歡騰[12]，拿破崙前晚回到了杜樂

---

[12] 1815 年 2 月 26 日拿破崙率 700 人自地中海艾勒伯島（île d'Elbe）逃回法國，3 月 20 日抵達巴黎，巴黎歡騰，6 月初所率部隊已增加至 20 萬人，但 6 月 18 日拿破崙在滑鐵盧隨即受到英國和普魯士的合擊而遭到徹底的挫敗，7 月 15 日英國將其流放到大西洋的聖赫勒拿島上（île Sainte-Hélène），1821 年 5月 5 日去世。

麗宮，在騎兵競技場[13]一次對部隊的大檢閱中出現在巴黎市民面前。民眾驚奇、興奮，相信對敵人已報了一箭之仇。莫伊內像瘋子一樣，他跑去看，眼睛飢渴的望著皇帝，忘記了他的小店，還用他的木頭義肢驕傲的跺著人行道發出聲響。他很清楚可憐的芳希雅已弱不禁風，又生病，不能來分享他的歡樂。

——我們今天晚上去看她，他靠在安端的手臂上說，他必須勉強快走趕到杜樂麗宮去。我們把這些都講給她聽！我們給她帶一束我已經掛在招牌上的月桂和紫堇花！

當他盤算著這個計劃並且高聲大喊著皇帝！把嗓子都完全喊啞了，可憐的芳希雅，坐在聖路易醫院的花園裏，在一個修女的懷中已沒了氣息，修女認為是昏厥，正全力的讓她甦醒過來。當她弟弟和傅赫醫生趕過來的時候，她以臉部的線條可怕的收縮了一下對傅赫笑了笑，對他們說：

——我很高興，他來了，他和我母親就在這兒！他給我把她帶來了！

她轉身回到大家給她坐的手搖椅上，對一些幻想中朝她微笑的人報以微笑，然後就像一個已自我感覺康復的人一樣，大大吸了一口氣，這是她最後的一口氣。

有一天，大家在傅赫醫生面前談自由意志的問題：

——我過去相信，現在我絕對不信了。當平衡被過強的震

---

[13] 騎兵競技場（Carrousel）。旋轉木馬之意。巴黎有騎兵廣場（place de Carrousel），位於羅浮宮旁，1662 年由路易十四命名，為騎馬軍事檢閱場，有小凱旋門（Arc de Triomphe du Carrousel）。

動破壞的時候，我們的行為意識是斷斷續續的。我認識一個年輕體弱的女孩，心地善良而且溫柔到被動無助的地步，她以一隻堅定的手犯下一宗殺人案，但她從來沒有受到譴責，因為她從來都不記得。

沒有說出名字，他對朋友講著芳希雅的故事。

國家圖書館出版品預行編目(CIP) 資料

芳希雅/喬治桑(George Sand)原著 ; 杜立中譯註.
-- 初版. -- 新竹縣竹北市 : 方集出版社股份有限公司, 2023.11
面 ; 公分

ISBN 978-986-471-437-7 (平裝)

876.57　　112016386

芳希雅

喬治桑(George Sand) 原著
杜立中 譯註

發 行 人：賴洋助
出 版 者：方集出版社股份有限公司
聯絡地址：100 臺北市中正區重慶南路二段 51 號 5 樓
公司地址：新竹縣竹北市台元一街 8 號 5 樓之 7
電　　話：(02) 2351-1607　　傳　　真：(02) 2351-1549
網　　址：www.eculture.com.tw
E-mail：service@eculture.com.tw
主　　編：李欣芳
責任編輯：立欣
行銷業務：林宜葶
出版年月：2023 年 11 月 初版
定　　價：新臺幣 320 元

ISBN：978-986-471-437-7　(平裝)

總經銷：聯合發行股份有限公司
地　址：231 新北市新店區寶橋路 235 巷 6 弄 6 號 4F
電　話：(02)2917-8022　　傳　真：(02)2915-6275